Carlo Alfieri

La cerimonia delle peonie

Romanzo

Amazon KDP

Questo libro è un'opera di fantasia. Personaggi, luoghi ed eventi sono frutto dell'immaginazione dell'Autore. Qualsiasi riferimento o somiglianza con accadimenti o persone reali è assolutamente casuale.

La cerimonia delle peonie
Romanzo

A Olga Kushnir, amica cara,
appassionata d'arte e di scienza

A notte alta mi svegliai di colpo sul ciglio
di un enorme abisso.
Accanto al letto, una faglia geologica tagliata
in pietra scura
sprofondava in semicerchi, velata da un tenue vapore
nauseabondo e da uno svolazzo di uccelli scuri.
In piedi sul suo bordo di scorie,
quasi sospeso sul precipizio
un personaggio beffardo e coronato di alloro
mi tendeva la mano invitandomi a scendere.

Juan José Arreola, Confabulario total;
citato da Jorge Luis Borges
in Libro di sogni, Adelphi

Primo capitolo

«Era un tipo grande e grosso, capisci, roba da non credere, con i capelli che gli ricadevano sulla fronte lombrosianamente criminale, un tabarro nero sulle spalle, e non è tutto...»

«Che altro, dunque?», chiesi incuriosito.

«Girava per le strade della città con una mannaia da macellaio, sporca di sangue, legata al collo con un legaccio di cuoio.»

«Roba da pazzi.»

«Appunto. E poi si avvicinava alle vecchiette, appostandosi fuori dai supermarket.»

«Oddio! E poi?», gli chiesi con orrore, ma avido di sapere.

«Poi le aiutava ad attraversare la strada e, se necessario, portava anche i sacchetti della spesa.»

«Va bene, accidenti a te, e poi?»

«E poi niente, capisci, una volta che le vecchiette erano a posto, sul portone di casa, le salutava e se ne andava.»

«Ma insomma!», esclamai deluso, «e la mannaia?»

«Era stato assunto, dopo anni di disoccupazione, come garzone aiutante in prova da un macellaio, e ci teneva a fare sapere a tutti che lui non era più un disoccupato, ma che aveva un lavoro e si guadagnava da vivere.»

«Arturo, ma fammi il piacere!»

Il mio amico Arturo era fatto così, ti tirava dentro delle storie apparentemente interessanti e poi ti mollava, sul più bello, senza una ragione. Non era completamente pazzo, e si diceva in giro che da ragazzo fosse un tipo normale poi un amore non corrisposto gli aveva mandato il cervello un tantino fuori registro. Era un bell'uomo, di alta statura e con un fisico atletico che in condizioni normali non avrebbe certo avuto alcuna difficoltà a far conquiste in campo femminile, e questo rendeva il mio amico ancora più incomprensibile ai miei occhi.

Avevo cercato di saperne di più, interrogandolo discretamente su questa vicenda, ma per molto tempo non ero riuscito a cavarne niente. Sul tema, mutismo assoluto, oppure inevitabile cambio di argomento. Ma pian piano, con pazienza e sobbarcandomi infiniti fastidi, qualcosa ero venuto a sapere.

Una donna cominciò a gridare, in una lingua che classificai subito come lingua dravidica, certamente tamil: mi restava tuttavia il dubbio se si trattasse di Tamil-Kodagu o di Tamil-Malayalam. La cosa però al momento costituiva in effetti un problema secondario, perché ciò che più mi colpì fu il significato delle frasi che la donna stava ripetendo, con le lacrime agli occhi:

«Aiutatemi, per favore, aiutatemi, sto per partorire!»

Le consigliai prontamente di scendere, alla prima stazione, dal vagone della metropolitana, linea gialla, sulla quale ci trovavamo in quel momento, cosa che lei fece. Era la stazione Montenapoleone ed io la seguii. Il secondo consiglio che le diedi fu quello di sdraiarsi sul pavimento della banchina, di stare calma, e di attendere i soccorsi che io avrei immediatamente chiamato. Si radunò un capannello di curiosi. La donna, giovane e robusta, dai larghi fianchi che deponevano a favore di una certa qual facilità alla procreazione, seguendo l'istinto atavico si sollevò le gonne e si tolse le mutande. Dal capannello di curiosi, si levò un brusio, composto da brevi commenti, di natura assai diversa secondo la sensibilità individuale.

Quando la testa del neonato fece capolino tra le gambe della donna uno dei curiosi all'improvviso impallidì vistosamente, si allontanò di pochi passi e cadde svenuto al suolo. Il capannello dei curiosi, stanco di curiosità ostetriche, si sciolse per riformarsi subito dopo intorno all'uomo al suolo, elaborando a bassa voce nuovi commenti e considerazioni. Quasi contemporaneamente all'arrivo degli infermieri della Croce Rossa, si udì un sonoro, acutissimo strillo, dell'ultimissimo arrivato sul pianeta Terra. Un millesimo di secondo più tardi fu riclassificato come penultimo.

«Flicaberto, non sapevo che tu conoscessi anche il tamil» mi disse la marchesa Virgiliana van Meerrettich von Kren, nel suo italiano con forti accenti olandesi e con quella sua voce leggermente roca che un tempo faceva impazzire gli uomini.

«Sì, è una mia recente acquisizione, ma non lo domino ancora perfettamente.»

«Non si può assolutamente approvare questa esibizione di pudenda in pubblico» affermò recisamente la marchesa.

«Ti capisco Virgiliana, ma la signora doveva partorire, è un caso speciale» risposi io.

«Una signora certe cose le dovrebbe fare in privato» fu il suo

suo commento finale e conclusivo.

Il mio amico Arturo. Il suo nome completo è Arturo Aquanti. Un raro esempio di doppia "q" nella lingua italiana. Ora sono certo che ha molto amato e molto sofferto. Pian piano, strappandogli pezzettini di verità sul suo passato, ho potuto ricostruire un quadro abbastanza attendibile della sua vita di studente liceale, il periodo nel quale un forte trauma passionale lo ha permanentemente disturbato facendo sì che col tempo si conquistasse la nomea di fuori di testa.

Lo psicodramma vide come attori principali una compagna di classe, parliamo della quinta liceo, assai avvenente, di nome Clorinda, di Arturo e del professore di chimica

Arturo si invaghì perdutamente di Clorinda, ma lei posava i suoi grandi occhi languidi sul professor Argo, uomo d'aspetto assai maschio, prestante e promettente, il quale ricambiava gli sguardi senza celare una punta di concupiscenza. A invelenire l'atmosfera attorno al classico triangolo provvedeva l'assoluta mancanza di interconnessioni tra Arturo e la chimica. Un giorno Argo, durante un'interrogazione, gli chiese:

«Mi parli dell'acetone.»

Arturo balbettò:

«Si tratta di una forma dell'aceto, la maggiore.»

«Come dice?», ribatté gelido il prof.

«Serve per togliere lo smalto dalle unghie.»

«L'acetone è un chetone e lei è un minchione. Sa dirmi qualcosa di un'aldeide, una qualunque, a sua scelta?»

«Ne conosco diverse» affermò con sicurezza Arturo, che di

tutte le materie studiava solo matematica e storia. Elencò: «Adelaide di Borgogna prima moglie di Lotario II, poi moglie dell'imperatore Ottone I, Adelaide di Francia, regina di Francia, d'Aquitania e di Provenza, Adelaide di Savoia, Adelaide del Vasto, terza moglie del re Ruggero I di Sicilia, e regina di Gerusalemme, Adelaide di Urslingen, prima amante di Federico II...»

Argo lo interruppe bruscamente:

«Le faccio notare che la chimica studia le aldeidi, non le adelaidi. Sono due cose del tutto diverse e lei è una testa di cavolo, non so se mi spiego. Vada al posto. Le do tre sul registro, perché oggi è il mio compleanno e mi sento buono.»

Garrula e commossa si levò la voce di Clorinda:

«Tanti auguri, prof!»

«Grazie cara» rispose con voce piena di sottintesi il festeggiato.

Inutile dire che questi episodi inducevano Arturo a cupi pensieri, a volte omicidi, a volte suicidi.

Io, dottor professor Flicaberto de Pondis, a cinquantadue anni sono, modestamente, un noto linguista e glottologo. Una delle ragioni che mi portano a frequentare Arturo è proprio il fatto che egli parla una lingua sua propria. Ciò non accade sempre, solo quando l'argomento è Clorinda. Ormai Arturo ha compiuto trentanove anni, il tempo del liceo è lontanissimo, la sua amata aveva sposato il professor Argo subito dopo gli esami di maturità, ma i due divorziarono l'anno successivo. Tuttavia per Arturo, quando si trattava di Clorinda, il tempo, la grammatica e la sintassi non avevano alcuna rilevanza.

«Una fa chiusa, ma chi? Ui, ea prigiona. Eu ho da impresare ea libera. Sciu ea plora. Eu deploro. Credi-mi?»

«Arturo, perché quando si tratta di Clorinda, parli come uno scemo?»

«Tu non mi capisci, Flicaberto. Vabbè, dimmi dei tuoi viaggi, sono interessanti.»

«Volentieri, se ti fa piacere. Sono appena tornato dalla Battriana, voglio dire dal moderno Afghanistan.»

«Cosa ci sei andato a fare?»

«Ho partecipato alla Conferenza Mondiale sul Macedone Antico.»

«Che è diverso dal macedone moderno?»

«Sì, il macedone moderno appartiene al gruppo orientale delle lingue slave meridionali. Ma quello antico era quello parlato da Alessandro il Grande — ti rendi conto — quando, ad esempio, dichiarava il proprio amore ai più giovani e attraenti militi della sua famosa Falange.»

«Interessante» acconsentì Arturo, «ma perché proprio in Battriana?»

«Quella nazione fu l'estremo limite delle conquiste di Alessandro ad est e lì sono venute recentemente alla luce interessanti iscrizioni originali, che dovevamo tradurre, commentare e discutere.»

«E prima di Alessandro che lingua si parlava, da quelle parti?»

«Naturalmente la lingua battriana, un iranico della sotto-famiglia indoiraniana delle lingue indoeuropee.»

«Però! E dimmi, come è andato il viaggio?»

«Faticoso. Ci sono individui in quei luoghi che guidando veicoli pieni di esplosivo, si fanno saltare in aria, uccidendo decine di connazionali e di militari giunti da ogni parte del mondo per cercare, senza riuscirvi, di mettere ordine.»

«Curioso» commentò Arturo.

Secondo capitolo

Fui invitato per un tè pomeridiano dalla duchessa Amaranta Cenobia de Sevilliana y Novalonga, grande amante dei viaggi, che passava la maggior parte del suo tempo in giro per il mondo, avida di sapere e di nuove emozioni. Era una donna formosa, nel pieno dei suoi quarant'anni, bella e spregiudicata. Sapevo che uomini famosi si erano accesi per lei di passioni indomabili, ma lei aveva sempre trovato il modo di domarle, le loro passioni.

Mi accolse con grandi effusioni di amicizia e mi comunicò subito che si sarebbe aggiunto a noi, per il tè, un suo amico di vecchia data. Un personaggio, a suo dire, da conoscere, assolutamente.

In attesa dell'amico, mi raccontò dei suoi ultimi viaggi, fornendomi ampi dettagli sullo svolgimento del concorso ippico di Madrid, sul torneo di polo di Johannesburg e sul campionato di cricket in Bangladesh, narrazioni che mi indussero una certa sonnolenza: cercai di non assopirmi, forzando la mia mente a immaginare che tipo di biancheria intima indossasse la duchessa in quel momento.

Stavo per perdere la battaglia contro il sonno, quando la cameriera venne ad annunciare l'arrivo del nuovo ospite: feci così la conoscenza dell'ingegnere Ubaldo Rave Santi, del quale per la verità avevo già sentito parlare come di persona assai potente nell'ambiente dell'industria, ma che non avevo mai conosciuto di persona. Mi sentii subito a mio agio con lui, l'uomo emanava un forte fascino magnetico e fin dall'inizio mi resi conto che la sua vita doveva essere stata ricca di accadimenti non comuni.

L'ingegnere fece le debite considerazioni sull'inalterabile bellezza della duchessa, poi si rivolse a me:

«E lei, caro signore, che fa per vincere la noia dell'esistenza?» D'impulso stavo per rispondere che cercavo di evitare i tè di Amaranta, ma mi trattenni e risposi:

«Mi occupo per l'appunto di cose noiosissime, la linguistica, la glottologia...»

«Ma davvero! Sapesse come l'invidio... sa, io sono solo un modesto dilettante, conosco superficialmente qualche lingua, ma mi affascina pensare di potere penetrare i sottili incanti del più grande mistero del mondo, il linguaggio, anzi i quasi infiniti linguaggi che l'umanità ha trovato il modo di darsi, per millenni.»

«Caro ingegnere, ammetto che è la prima volta che mi capita di dichiarare la mia professione e di sentire il mio interlocutore entusiasmarsi... di solito reprimono a fatica uno sbadiglio.»

«Mi permetta di citare Confucio: l'ignoranza è la notte della mente, ma una notte senza luna né stelle.»

«Eh, il vecchio Confucio! Non finisce mai di stupirci con la sua saggezza, vero? E lei, ingegnere, come ammazza il tempo?» chiesi con un mezzo sorriso.

«Ultimamente ho avuto problemi con gli yeti...»

«Capisco, cioè veramente non... forse ho capito male?»

«Sa, uno yeti ha rapito, alquanto tempo fa, la mia fidanzata, ai confini del Kazakistan, e non me l'ha mai più riportata: da allora, come potete ben intendere, ho un pessimo rapporto con questi individui.»

«Naturalmente!»

«Cose inammissibili!» commentò severamente la duchessa.

«Bene, ecco dunque cosa mi è successo: poche settimane fa, per motivi di lavoro, mi trovavo in una zona di confine tra l'Uzbekistan e il Kirghizistan.»

«Mi scusi l'interruzione» intervenni io, «ma quale mirabile ventura di trovarsi proprio nella culla della famiglia *qarluq* delle lingue turche orientali. Come avrei voluto esserci! Ma mi scusi, l'ho interrotta, continui, la prego!»

«Ecco dunque, in quell'area, con un progetto congiunto dei due Paesi, è stato creato, allo scopo di incrementare il turismo, il Parco Nazionale degli Yeti. I turisti sono tenuti all'esterno del parco, assai lontani e, per motivi di sicurezza, possono vedere i pericolosissimi umanoidi solo con potenti binocoli.»

«Mi sembra ragionevole» tenne a commentare Amaranta.

«Già. Quindi potete immaginare come mi sono sentito quando, al bar dell'hotel dove soggiornavo, vedo entrare due yeti che parlottavano tra di loro.»

«In che lingua?» intervenni io, travolto dalla curiosità professionale.

«In fede mia non vi ho fatto caso, ero troppo occupato ad estrarre da una sacca da tennis, che porto sempre con me, l'AK-47 per abbattere con una raffica di quell'ottima arma i due intrusi.»

«Oddio!» esclamò la nostra ospite impallidendo.

«Ma proprio in quel momento successe un fatto imprevisto: i due si slacciarono la zip dal mento all'inguine e si sfilarono i loro costumi da yeti, restando in tuta e scarpe da jogging. Poi si avvicinarono al bar e, con la più grande naturalezza, ordinarono vodka al peperoncino.»

«Inaudito!»

«Incredibile!»

Unisono mio e di Amaranta.

«Proprio così. La cosa mi incuriosì e avvicinatomi ai due ex-yeti, chiesi loro spiegazioni. Dato che comunque imbracciavo ancora il Kalashnikov, furono molto gentili e mi fornirono la chiave per comprendere quello strano episodio. In breve si trattava di questo: gli uomini di quella regione sono in genere grandi e grossi e molto alti, così molti di loro tentano la strada della pallacanestro, uno sport che può rendere molto bene, se si diventa famosi campioni. Ma non tutti ce la fanno, come è ovvio, e così il governo, per aiutare gli atleti non più giovani che non hanno fatto fortuna, li assume come yeti, dato che le loro dimensioni fisiche si prestano ottimamente allo scopo.»

«Che storia strana!» esclamai.

«Davvero» commentò Rave Santi, «e ne ho tratto un grande insegnamento: in ogni circostanza della vita non si devono mai trarre conclusioni affrettate.»

L'ora del tè passò molto piacevolmente, con la conversazione che mai languiva, poiché Ubaldo – mi aveva autorizzato a chiamarlo per nome – era veramente un pozzo senza fondo per quanto riguardava le più intriganti e inconsuete storie che avessi mai avuto la ventura di ascoltare.

Mi resi conto che la mia vita, al confronto con la sua, si stava trascinando nella più assoluta piattezza e monotonia

Terzo capitolo

Mi trovavo al Circolo dei Momentanei, una prestigiosa confraternita di personaggi di punta dell'imprenditoria, delle libere professioni e delle arti liberali, nonché della vita pubblica, ad un tavolo circondato da comode poltrone, in compagnia di Gualtiero Brondi Brandini, il grande giornalista che mi onora della sua amicizia. Al nostro stesso tavolo c'erano anche Amaranta e Virgiliana. Gli ampi saloni, dai soffitti a cassettoni in legno dorato, e dai pavimenti di lucido mogano, coperti di magnifici tappeti antichi, erano frequentati come di consueto, da numerosissime persone, uomini assai distinti e donne elegantissime, tutti impegnati in amabili conversari. Ad un certo momento un valletto si avvicinò a Brondi Brandini e gli porse un biglietto, al ché il giornalista si alzò, per ritornare poco dopo accompagnato da un signore di mezza età, alto e dall'aria imperiosa, con una folta capigliatura assolutamente candida e lucente. Ci venne così presentato l'avvocato, professor Ludovico Melorio-Cromi, celeberrimo principe del Foro di Milano.

«Caro Ludovico, vieni e siediti con noi, stai per conoscere alcuni dei più autorevoli membri del nostro Circolo, al quale hai fatto l'onore di associarti recentemente.»

Esaurite le presentazioni, l'avvocato fu fatto accomodare tra le due gentildonne. Come al solito in questi casi non è facile iniziare una conversazione con un nuovo arrivato, e famosissimo, per giunta. Fu Virgiliana a sbloccare la situazione, rivolgendosi con un gran sorriso a Melorio-Cromi:

«Le devo confessare, professore, che ho un debole per gli avvocati, voi venite a conoscere i risvolti più segreti delle storie più intricate e le storie intricate sono proprio la mia passione!»

«Quello che lei dice è certamente vero marchesa, anche se non sempre quelle che lei chiama storie intricate, mettono in luce gli aspetti migliori dell'animo umano.»

«L'animo umano è interessante proprio perché ci sono gli aspetti peggiori da tenere in conto, altrimenti sa che noia sarebbe?»

«Un punto di vista originale, signora.»

«Ebbene, dunque, ci racconti una bella storia, professore! Però non di quelle che leggiamo sui giornali, dove parlano di lei tutti i giorni e delle sue famose arringhe. No, qualcosa che nessuno sa, una storia segreta.»

«Vediamo, ecco, credo di aver capito cosa le piacerebbe ascoltare. Per combinazione, poche settimane fa mi sono imbattuto in una strana vicenda che potrebbe costituire proprio la storia adatta.»

«Ci racconti dunque!» esclammammo tutti insieme, sicuri che l'avvocato non avrebbe deluso le nostre aspettative.

«Stavo viaggiando, in una zona collinosa dell'Italia centrale, in compagnia di un'amica straniera, diretto a Roma per motivi professionali. Avevo dovuto lasciare l'autostrada, bloccata da un incidente tra autotreni e mi stavo avventurando per strade secondarie, sotto una terribile tempesta di neve. Ad un certo punto non ero più certo di procedere nella giusta direzione e preferii fermarmi, sperando che la nevicata nel frattempo si calmasse. Appena intravidi le insegne di un benzinaio accostai, parcheggiai sotto la pensilina e scesi dall'auto con la mia amica. Era un distributore modesto, probabilmente alla periferia di qualche paese non lontano da lì, con una toilette e un piccolo bar, ma a noi sembrò di essere arrivati in un albergo di lusso. Prendemmo posto ad un tavolo, ordinai due caffè e cominciai a consultare una carta geografica che avevo portato con me, chiedendo anche qualche delucidazione al barista. Nel locale c'erano anche un uomo e un ragazzo che con tutta evidenza dovevano essere il benzinaio e il suo aiutante.

Questa era dunque la situazione, quando inaspettatamente la porta si spalancò ed entrò un individuo affannato, dall'aria stralunata, con una tuta arancione tutta coperta di neve.»

L'eloquio del nostro narratore era magistrale, con pause ed effetti che rendevano il dipanarsi del racconto assai avvincente. Intanto era stato servito al nostro tavolo dello champagne e Melorio-Cromi ne bevve un sorso, prima di continuare.

«Si diresse subito alla toilette, e poi ne uscì, dopo essersi un po' ripulito, andando deciso verso il bar. Il barista che stava macinando il caffè, dopo avere caricato la coppa di vetro del macinino elettrico, molto rumoroso, lo guardò sospettoso.

—Mi scusi, da dove arriva? Non ho sentito arrivare auto.

—Mi si è rotta più in là e sono venuto a piedi», rispose l'uomo.

—Ah, vedo. Vuole un carro attrezzi? Se è così se lo scordi, oggi non si muovono di certo, già non arrivano mai col bel tempo, figuriamoci adesso.

—No, no... vorrei solo un caffè doppio, bollente. In tazza grande.

—Va bene, subito.

Evidentemente il barista aveva voglia di chiacchierare, e riprese la conversazione col nuovo arrivato.

—Bella rogna la macchina che si rompe in una giornata così.

—Eh, già... rispose un po' incerto l'uomo.

—Cos'è quella tuta arancione? Protezione civile?

—No, veramente è manutenzione stradale.

—Capisco.

L'uomo però non aveva voglia di chiacchierare; prese la sua tazza dal bancone e si andò a sedere ad un tavolino, in un angolo poco illuminato del locale. Il barista ricominciò ad occuparsi della macinatura del caffè. Anche il benzinaio, che per un attimo aveva alzato lo sguardo, incuriosito per quegli arrivi inaspettati, si era rituffato nella lettura del suo giornale sportivo. Il garzone era impegnatissimo con un giochino elettronico che sembrava assorbirgli ogni facoltà mentale. Fu proprio in quel momento che collegai a quella nuova presenza, apparentemente insignificante, una notizia che avevo distrattamente seguito alla radio in auto un paio d'ore prima. E così mi alzai in piedi e mi rivolsi al barista, dicendogli — io vorrei fare un'osservazione, mi permetta — sono l'avvocato Melorio-Cromi. Mi duole comunicare che mentre mi dirigevo qui, la radio ha diffuso la notizia che un carcerato è evaso da queste parti, in circostanze al momento non precisabili. Ne hanno dato la descrizione, anche dell'abbigliamento e direi che quel tipo, là nell'angolo, ci assomiglia molto.»

Un'altra breve interruzione e un nuovo sorso di champagne. «Lo sapevo io» bisbigliò Virgiliana ad Amaranta, «lo sapevo che gli avvocati hanno sempre delle storie così interessanti!»

L'avvocato aveva intanto ripreso la sua narrazione:

«E lei cosa ha da dire? — fece aggressivo il barista rivolgendosi all'uomo in arancione. L'avvocato ha ragione — rispose quello, senza smettere di sorbire il suo caffè, quasi stesse compiendo un rito magico che non poteva essere interrotto.

Quindi sei evaso di galera? — il tono del barista non prometteva nulla di buono e il benzinaio si era alzato, come se volesse essere pronto ad ogni evenienza. No — rispose quietamente l'uomo. Io nel frattempo mi ero avvicinato e gli dissi — senti giovanotto, siamo qui in quattro uomini e io per di più, come avvocato penalista, ho l'abitudine di girare armato Così dicendo gli mostrai la mano destra con la quale impugnavo la mia Colt calibro 38 special.»

«Mio Dio, che situazione emozionante!» esclamò Amaranta «e poi, cosa successe?»

«Ecco, qui cominciarono le vere sorprese. L'arancione non parve turbato e mi guardò negli occhi, con il suo sguardo mite. Avvocato, sono disarmato, può perquisirmi, voi siete in quattro e io non sono venuto qui per fare del male a qualcuno. La pistola non serve. Ecco cosa disse. Seguì un momento di sconcerto, nessuno sapeva veramente cosa dire o cosa fare.

Allora presi una decisione e individuai una linea di condotta.»

Intanto un cameriere si era avvicinato per riempire nuovamente i flûte di champagne, ma il nostro narratore fece cenno di no, e chiese un bicchier d'acqua, prima di proseguire.

«Allora avrai la bontà di spiegarmi cosa significa questa storia — esclamai riponendo l'arma nella fondina. L'uomo ordinò un altro caffè, come il primo. Questa volta chiese che venisse aggiunto un goccio di grappa, poi riferì le circostanze che l'avevano portato fino a lì. Anche la mia amica si era avvicinata al tavolo e sembrava non avere alcun timore per la presenza del galeotto. Ecco dunque, per sommi capi, il racconto che ci fece.

Lui aveva una condanna sulle spalle per omicidio e proprio quel giorno era in corso il trasferimento dal carcere ordinario della città in cui si era svolto il processo di appello, a un carcere di lunga detenzione.

Il cellulare della Polizia Penitenziaria aveva dovuto fermarsi durante il viaggio di trasferimento del detenuto. Da quel momento era incominciata la sua strana avventura. I due agenti erano scesi e avevano cominciato ad armeggiare intorno alla gomma anteriore che si era afflosciata. Imprecavano con foga contro il Ministero che li faceva viaggiare con quelle vecchie carrette, contro il padreterno che faceva nevicare, contro l'universo mondo. Avevano aperto lo sportello posteriore, per estrarre la ruota di scorta e gli attrezzi necessari e si erano messi a cambiare la gomma, lasciando il furgone aperto, dimenticandosi che al detenuto, considerato un povero diavolo mansueto, non erano stati applicati i ceppi regolamentari. Il prigioniero ci pensò su un solo attimo, poi silenziosamente scese dal furgone, e tenendosi chinato, si incamminò velocemente verso una scarpata che si trovava sul lato opposto della strada, rispetto alla gomma a terra, dove stavano lavorando gli agenti. Si precipitò giù dalla ripa scoscesa e corse a perdifiato verso un bosco vicino, sprofondando a volte nella neve. Ecco insomma, fu così che arrivò al distributore dove anch'io mi ero rifugiato. Avevamo tra di noi un criminale evaso da un cellulare penitenziario. Ma vi devo dire, cari amici, che io di assassini ne ho visti tanti in vita mia, però questo proprio nei panni di un feroce omicida non riuscivo a collocarlo.»

Melorio-Cromi si versò un bicchiere d'acqua e lo bevette lentamente, aggiungendo così, con sapienza, un tocco di suspense alla narrazione. Amaranta si rivolse a Virgiliana sussurrandole qualcosa all'orecchio.

Ma il narratore aveva ripreso:

«Quando l'evaso terminò di raccontare cos'era successo, dal momento in cui si era allontanato dal furgone della Polizia Penitenziaria, si fece silenzio. Ognuno sembrava riflettere su quello che era appena stato riferito. Fui il primo a parlare, e mi scuso fin d'ora se, nel riferire certi colloqui, dovrò usare termini non appropriati alle orecchie delle gentildonne qui presenti.»

Le gentildonne fecero un sorriso di comprensione: ce la potevano fare a sopportare.

«Bene, adesso ci è chiaro perché sei qui. Dovremo chiamare i carabinieri, prima o poi, lo capisci vero?

—Naturalmente.»

—Non è che per caso hai intenzione di continuare la fuga? Perché, in questo caso, devi sapere che è nostro dovere di cittadini di impedirtelo!

—Non ci penso proprio, mormorò l'uomo, dove vuole che vada?

—Bene. Voglio darti fiducia. Anzi, in fondo non cambia niente, direi che possiamo aspettare ancora qualche tempo, tanto con questa neve neppure i carabinieri riuscirebbe ad arrivare subito. Perché non ne approfitti per raccontarci cosa ti è successo, voglio dire perché i processi e poi le condanne?

—Hanno trovato morta Carmen, la mia ragazza. Dovevamo sposarci. Hanno detto che l'ho ammazzata io. Mi hanno condannato due volte, anche in appello.

—E l'hai ammazzata tu?

—No.

—Qual era il movente, secondo il PM?

—Mi dispiace doverlo dire, qui di fronte alla signorina, rispose l'uomo guardando imbarazzato verso la mia amica.

—La signorina è maggiorenne, tagliai corto un po' bruscamente, su, racconta!

— Il PM ha detto che Carmen di tanto in tanto faceva, come si dice, l'amore a pagamento e che io, quando sono venuto a saperlo, accecato dalla gelosia l'avevo uccisa in un impeto di rabbia; il mio avvocato mi ha detto che impeto vuole dire come un desiderio incontrollabile, un impulso violento.

—Ecco, intervenne beffardo il barista, senza usare paroloni da avvocato, lei faceva marchette, tu l'hai scoperto e l'hai accoppata. Ci hai preso per scemi?

—No. Quando l'ho saputo mi sono arrabbiato, questo sì, poi mi sono messo a piangere e me ne sono andato da casa. Ma non sono stato io.

—Lei cosa dice, avvocato? — mi chiese il barista.

—Mah, il quadro non mi è ancora chiaro. Dunque, tu quando hai saputo della, ehm... attività della Carmen?

—Da una lettera anonima. Nella lettera c'erano particolari, date e descrizioni che mi hanno fatto capire la verità. Non erano maldicenze, purtroppo. Allora quella sera stessa, gliela ho messa sotto agli occhi, chiedendo spiegazioni. Lei ha letto e poi, con aria di sfida, ha dichiarato, quasi gridando, che erano fatti suoi e che una donna i soldi se li può guadagnare come vuole, se il suo fidanzato o marito è un morto di fame. Così mi ha detto.

—Comprendo, mormorai pensoso, però è strano. Perché se tu l'avessi colpita a morte in quel momento, l'attenuante della grave provocazione ci starebbe. E anche il raptus momentaneo. Ma non ci sta più se l'omicidio avviene in altre circostanze, a distanza di tempo, come mi pare di capire. Quando è morta Carmen, rispetto alla scenata in casa vostra?

—Due giorni dopo. Io, dopo quello che mi aveva detto, me ne ero andato a casa dei miei genitori. Ho pianto tutta la notte.

—Quindi a rigore avrebbero dovuto darti anche la premeditazione e di conseguenza l'ergastolo, dritto filato. È come se la Corte abbia voluto in qualche modo favorirti. Come se giudici e giurati non fossero stati tutti convinti al cento per cento della tua colpevolezza e abbiano cercato una specie di compromesso col codice. Un raptus che dura quarantotto ore non sta in piedi, direi.

Mi sembrava, più per istinto che per ragionamento, che quel poveraccio potesse essere un ottimo candidato di un clamoroso errore giudiziario. Ma avevo bisogno di altre informazioni. Così gli chiesi di narrarmi i fatti nel dettaglio. Al fine di permettervi di meglio comprendere l'intera vicenda, vi faccio un riassunto del suo resoconto.»

Breve interruzione per bere un sorso d'acqua.

«L'accusa era stata di omicidio a sfondo passionale. Condannato a vent'anni di carcere. Avevano giocato a suo favore, salvandolo dall'ergastolo, alcune circostanze attenuanti che non aveva capito bene, lui non era così istruito da afferrare completamente gli arzigogoli del suo avvocato. Però la Corte aveva riconosciuto la provocazione grave: sì, questo era vero, Carmen l'aveva provocato e molto! Cioè l'aveva riempito di corna e lui a un certo punto ne era venuto a conoscenza. Per di più corna a pagamento, e questo lo faceva soffrire ancora di più. La sua Carmen arrotondava, per così dire, e lui si era disperato quando lo era venuto a sapere. Perché, perché, si era chiesto per mesi con le lacrime agli occhi. Avevano tutti e due un buon lavoro sicuro a Milano, lei era commessa in un grande supermercato e lui faceva l'idraulico in proprio: avevano fatto i loro conti e con un po' di economie sarebbero stati in grado di sposarsi entro l'anno successivo.

Avevano anche affittato un piccolo, grazioso appartamento, appena fuori Milano, dove gli affitti costano meno e vivevano assieme da più di un anno. Ma lei era morta prima, prima che potessero sposarsi, morta ammazzata. L'avevano trovata una notte nella sua Panda con la quale si recava al lavoro. La piccola macchina, che Carmen aveva comprato a rate, era parcheggiata nel grande spiazzo antistante il supermercato e dentro c'era lei, con il cranio fracassato. L'arma del delitto era ancora lì, un pezzo di tubo di piombo e c'erano su le sue impronte digitali. Il tribunale non aveva avuto dubbi, però gli avevano concesso anche l'attenuante per una parziale incapacità d'intendere e volere nel momento in cui, secondo loro, aveva ucciso la fidanzata. Vedete ordunque, cari amici, il delinearsi, fin qui, di una di quelle tipiche situazioni giudiziarie in cui tutto appare chiaro, il sospettato coincide perfettamente col reo, qualsiasi avvocato non avrebbe dubbi sulla strada da seguire: ottenere quante più attenuanti possibili e cercare di evitare l'ergastolo. Del resto, non sussistendo le ragioni per il formarsi del partito dei colpevolisti contro il partito degli innocentisti, alla pubblica opinione queste storie non sembrano appassionanti, e tantomeno ai giornali. Ma più entravo nelle dinamiche di quella vicenda, più sentivo forte dentro di me l'impressione di trovarmi di fronte ad uno sprovveduto, un ingenuo, per non dire sciocco, che si era trovato coinvolto in guai più grossi di lui.»

Gli feci alcune altre domande.

—Dunque vediamo. Cosa mi dici dell'arma del delitto?

—Un pezzo di tubo di piombo, nuovo.

Era mio, non posso dire di no. Ne tengo sempre dei pezzi, nel piccolo magazzino che mi sono fatto nel box, insieme ai tubi di rame e di PVC e agli attrezzi.

—Come fai a dire che era tuo?

—A parte le impronte digitali che la scientifica ha trovato e che sono mie, sul tubo c'era anche l'etichetta di un grande emporio, dove l'avevo comprato assieme ad altro materiale e avevo pagato col bancomat. Tutto quadra. Riscontri obiettivi, ha detto il PM.

—Sul tubo c'erano altre impronte?

—Sì, mi hanno detto, ma non era importante. Per esempio era logico che ci fossero quelle di chi me lo aveva venduto, ha spiegato il PM. L'unico fatto che gli interessava era che c'erano le mie.

—La tua fidanzata aveva le chiavi del box?

—Certo, sì, Carmen ci teneva la Panda e un po' di scorte, acqua minerale, vino, olio... io, il mio furgone di lavoro, lo tenevo in strada. Lei aveva la sua chiave, io la mia e un'altra di scorta era appesa a un gancio, vicino al citofono.

A quel punto mi sentii pronto a dare una mano a quel povero diavolo. Mi feci dare il numero di telefono del suo avvocato e lo chiamai. Quando lo ebbi in linea gli spiegai per sommi capi la situazione, gli disse di chiamare i carabinieri, perché il suo cliente non aveva nessuna volontà di continuare la fuga, che poi propriamente fuga non era stata, sarebbe stato meglio definirla un allontanamento momentaneo. Poco dopo telefonarono i carabinieri, annunciando il loro arrivo in elicottero, per vie della strada bloccata dalla neve. Poco prima che lo portassero via ammanettato, gli chiesi:

—Dimmi, è chiaro che in realtà non volevi fuggire, sapevi benissimo che era impossibile — allora perché l'hai fatto?

—Le voglio dire la verità, avvocato: avevo assolutamente bisogno di un buon caffè, doppio in tazza grande, bollente, con poco zucchero. Il caffè in carcere fa proprio schifo. Pensa che il giudice mi perdonerà?»

«Ma che storia magnifica, caro Ludovico» intervenne con entusiasmo il nostro famoso giornalista «devi assolutamente consentirmi di ricavarne un pezzo memorabile!»

«Eh, questo no! La nostra gentile Virgiliana mi ha chiesto una storia segreta e segreta deve restare.»

«Lo capisco. Ma almeno toglici una curiosità: se fossi stato tu il suo avvocato, come avresti impostato la difesa?»

«Be', in un certo senso sono stato il suo avvocato. Appena possibile ho richiamato il suo difensore, che immediatamente, avendo capito il mio interesse per quel pover'uomo, mi ha chiesto aiuto. Gli ho detto che lo avrei affiancato, non personalmente, ma con uno degli avvocati del mio studio. Ottenemmo una revisione del processo e infine un'assoluzione per insufficienza di prove. Ecco, se vi interessa, posso riportarvi una sintesi dell'arringa finale del mio collaboratore, che ricordo bene perché, in buona sostanza, la scrissi io.»

"Signori della corte, signori giurati. L'imputato è innocente, lo dichiaro subito così saprete fin d'ora che chiederò l'assoluzione con formula piena, per non avere commesso il fatto. Vi è stato detto che c'è un movente e che c'è l'arma del delitto, inequivocabilmente nella disponibilità dell'assassino. Io vi dico che il movente non c'è e che l'assassino non è l'imputato.

Vediamo il movente: intollerabile provocazione per essersi la vittima dedicata a un'attività fortemente lesiva della dignità del fidanzato, con l'aggravante di avere poi voluto giustificare, con frasi derisorie, la liceità dei suoi sconvenienti comportamenti sessuali. Ma via, signori giurati! Sapete bene in che mondo viviamo! Possiamo ammettere che la lettera anonima contenesse qualche elemento di verità, forse la fanciulla si vedeva amichevolmente, di tanto in tanto, con altri uomini, e forse costoro la gratificavano con qualche regaluccio di poco conto.

Un comportamento oggi così comune, da non ingenerare veramente alcun turbamento sociale. Si sa che il matrimonio è un passo assai impegnativo e che, in attesa del fatidico evento, i giovani promessi sentano il bisogno di divertirsi un po', nell'attesa dei più rigidi costumi, propri del matrimonio. Non usa infatti celebrare con feste, l'addio al nubilato o al celibato? Cosa cambia se tali festeggiamenti si protraggono per qualche settimana o per qualche mese? Perquanto poi riguarda la tagliente risposta della Carmen, dobbiamo esaminarla nel contesto di una ragazza che, non avendo nulla da rimproverarsi, si sente oggetto di accuse infamanti, quali il concedersi a turpi mercimoni. No, signori, le cose stanno altrimenti. Il fatto è che l'imputato ha accettato troppo a cuor leggero le anonime accuse, forse perché in cuor suo sentiva già qualche morso di gelosia nei confronti dell'avvenente fidanzata e lei è stata un po' impertinente nel giustificarsi, inducendo addirittura l'imputato ad allontanarsi offeso da casa. Ma non a commettere un omicidio. Che infatti è avvenuto due giorni dopo. Tutto qui. Ma allora chi è l'assassino? Evidentemente qualcuno che poteva avere accesso al tubo di piombo e quindi qualcuno che, potendo entrare nella casa dei nostri fidanzati, non aveva difficoltà a trovare la chiave del box, che abbiamo saputo essere appesa, bene in vista, vicino al citofono. E chi potrebbe essere il nostro uomo? Mi sembra chiaro. Uno spasimante di Carmen, che la ragazza aveva imprudentemente ammesso in casa propria. Uno che forse aveva fatto dichiarazioni amorose, addirittura corredate da generose offerte di denaro e, infatuato della giovane donna al punto tale di perdere la ragione, vedendosi respinto dall'amata, di cui per inciso voglio qui fare notare l'onesta condotta nei confronti dell'imputato, abbia maturato l'insano proposito di ucciderla, mettendo in opera il suo tristo proposito con l'astuzia luciferina di usare, come arma, un oggetto che avrebbe incriminato proprio il suo rivale in amore!"

«Complimenti, avvocato, davvero un intervento geniale!» esclamo commossa ed estasiata la duchessa Amaranta Cenobia de Sevilliana y Novalonga.

Quarto capitolo

Mi raggiunse una telefonata a notte fonda, che mi fece balzare dal letto col cuore in gola. Dentro di me presagivo chi ci fosse dall'altra parte: Arturo che ne aveva combinata un'altra delle sue.

«Chi parla?»

Silenzio.

«Arturo, sei tu, lo so. Non dirmi che l'hai fatto ancora, maledizione! Arturo, parla, è meglio, non farmi arrabbiare!»

«Ea closa, eu sapo ea dinto domu professori, portaro diceme, eu dato illu soldo, corrompito e illu dona-mi informatje, eu cum matza-ferata butta down door e cerca ea libera, pero portaro apella police, eu prigiono.»

«Arturo, accidenti a te, non posso passare la mia vita a tirarti fuori dagli ospedali psichiatrici! Dove sei, passami qualcuno, sbrigati!»

«Grazie Flicaberto, ti passo l'infermiere.»

Venni così a sapere dove l'avevano portato quella volta. Mi attendeva una notte in Questura o dai Carabinieri, ospedali e neurodeliri, ambulanze, moduli, scartoffie, telefonate ad amici potenti, per tirare fuori quel disgraziato dai guai nei quali una o due volte all'anno andava a cacciarsi.

Quando, era ormai l'alba, riuscii ad averlo in casa mia, gli dissi, con tutta la calma possibile:

«Arturo, vorrei farti notare che Clorinda e Argo hanno divorziato venti anni fa, che da allora nessuno di loro abita più in quella casa, che Clorinda vive in Brasile e Argo a Roma, che non puoi andare a buttare giù, a colpi di mazza, la porta di casa di due pensionati di ottant'anni, perché li farai morire d'infarto, mi segui?»

«Eu have exacte informatje, pero ea...»

«Arturo, se non la pianti di parlare come un cazzone, ti butto giù dalla finestra.»

«Va bene, scusami, mi sono sentito male. Lo sai, ogni tanto è così, non so cosa farci. Io amo Clorinda. È lei che mi fa diventare pazzo.»

«Lo capisco. Allora cerca di essere conseguente: vai in Brasile e convincila del tuo amore. Forse questa volta ti dirà di sì.»

Lui mi guardò in un modo strano, che mi fece subito pentire di avere detto quelle parole.

La marchesa Virgiliana van Meerrettich von Kren mi telefonò a mezzogiorno per dirmi che il cugino Borislav di Kiev sarebbe stato suo ospite, nella magnifica villa che la nobildonna possedeva a Saint Tropez. Virgiliana, ormai lo sapevo bene, aveva molti cugini, tutti ragazzoni floridi di età compresa tra i venti e i venticinque anni e lei amava riceverli in compagnia di amici come me, diciamo cinquantenni più o meno suoi coetanei, per dare una parvenza familiare e non sospetta alle sue non propriamente ortodosse frequentazioni.

Accettai, non potevo dire di no a Virgiliana, eravamo vecchi amici. Così noi arrivammo a Saint Tropez il giovedì, e il venerdì, di primo pomeriggio, arrivò questo Borislav. Apparteneva al genere *standard cousin* della marchesa. Spalle possenti, muscolatura da palestra, chioma folta, faccia da furbo. Mi fu presentato, ma era chiaro che non aveva il minimo interesse nei miei confronti. Disse che aveva qualche spesuccia da fare, si fece dare duemila euro dalla mia amica e scomparve per un paio d'ore. Poi tornò e andò nel suo appartamento al primo piano: a fare la doccia, affermò. Poco dopo, io e Virgiliana stavamo prendendo il tè, si udirono alte grida femminili, che all'inizio sembravano di spavento, ma poi si mutarono in grida estatiche, di tonalità orgasmica.

Io mi mostrai preoccupato, ma la padrona di casa mi tranquillizzò:

«Non è niente, è qualcuna di quelle troie di cameriere che si occupano del primo piano. Non c'è più il personale di una volta, questa è la verità, mio caro Flicaberto.»

«Sono assolutamente d'accordo, Virgiliana!»

Ero appena rientrato a casa dal week-end in Costa Azzurra, e mi ero messo a dormire, alquanto stanco e provato dal viaggio.

Una tremenda trafittura mi trapanò il cranio. Ci misi alcuni minuti per realizzare che, alle quattro del mattino, in casa mia, era il mio telefono che suonava.

«Pronto.»

Dall'altra parte qualcuno in portoghese, mi stava chiedendo se capivo il portoghese. Gli risposi nella sua lingua:

«Di solito sì. A quest'ora di notte, non sono sicuro.»

«Non mi faccia perdere tempo. Qui è il comando centrale di polizia di Rio de Janeiro, sono il sovraintendente colonnello Dos Santos. Abbiamo arrestato un mezzo idiota italiano, che ha combinato un casino spaventoso. Ha il diritto di fare una telefonata, e ci ha dato questo numero. Lei è il suo avvocato?»

Capii che dovevo mentire:

«Sì, cosa succede?»

«Adesso è meglio che comunichi col suo cliente, poi dobbiamo parlare, io e lei.»

«Va bene, me lo passi», mormorai rassegnato.

«Nao pude far ea libertada cum mea matza-ferata, o professor Argo compella ea prigiona in domo de Riu, despues habia multos hombre cum arma, spara-spara, mea gamba blood, policia sirene multe ariva, e tambien eos spara-spara, inde me prigiono, nao falo parlar de illos.»

Non riuscii neppure ad arrabbiarmi.

«Va bene Arturo, sta calmo. Passami il sovraintendente.»

«Che cazzo di lingua parla questo imbecille?»

«Ci sto studiando su da tempo. È una storia lunga, sovraintendente. Mi può dare dei dettagli?»

«Non abbiamo ancora un quadro chiaro al cento per cento, però a grandi linee ecco i fatti. Questo tanghero ha assaltato con una mazza di ferro l'appartamento di un'italiana, la signora Clorinda Cucconi, moglie di Adroaldo Botelho-Pereira, uno dei più grandi industriali del caffè del Brasile.»

«Capisco.»

«I signori Botelho-Pereira abitano nel quartiere più esclusivo della città, in un palazzo di grande prestigio, dove risiedono solo persone ricchissime.»

«Naturale.»

«Una di queste persone ricchissime è Porfirio Reyes, considerato il capo occulto del più potente cartello della droga del Sud America. Quando si sono sentiti, verso mezzogiorno, i colpi di mazza ferrata alla porta dei Botelho-Pereira, il Reyes, che abita al piano di sotto, convinto di essere l'obbiettivo dell'attacco, chiamò subito alcune sue squadre di guerriglieri privati per essere difeso e noi, appena avuta la denuncia di quanto stava accadendo inviammo, a sirene spiegate, decine di agenti delle forze speciali. Ma la notizia si propalò in un attimo, e il clan dei Gomes-Menescal, che controllano il giro della droga qui a Rio, pensarono di appoggiare l'attacco contro l'odiato Porfirio, mandando subito sul posto un nutrito gruppo di fuoco.»

«Ecco.»

«Ma notizia di quanto stava accadendo arrivò anche alle orecchie dei capi degli squadroni della morte…»

«Temo di non comprendere.»

«Sono corpi paramilitari illegali, bande di assassini che combattono una loro guerra privata contro i criminali che in tribunale riescono spesso a farla franca.»

«E quindi?»

«Uno squadrone della morte vide la possibilità di far fuori con un colpo solo sia il Reyes con la sua banda, sia i Gomes-Menescal, e intervenne prontamente.»

«Oddio, cosa successe infine?»

«Ci siamo ritrovati, a conti fatti, con diciotto morti, e quindici feriti gravi.»

«Spero non tra i vostri uomini.»

«Fortunatamente no. Il comandante capì subito che era meglio stare in disparte, mentre le tre bande si mitragliavano tra di loro.»

«Un'ottima strategia, direi!»

«In effetti. Però adesso noi abbiamo qui questo mentecatto e non sappiamo cosa farcene.»

«Si è fatto male?»

«Solo un colpo di striscio, alla gamba.»

«Colonnello, mi creda, è un pietoso caso umano, Arturo è un bravo ragazzo, ma soffre di allucinazioni per via di questa Clorinda…»

«Innamorato?»

«Precisamente. Innamorato pazzo, è il caso di dire.»

«Eh l'amore, che gran problema, mi dispiace per lui.»

«Colonnello, arriverò in Brasile il più presto possibile. La prego cerchi di evitare, nei limiti del possibile, che il ragazzo soffra troppo. Troveremo una soluzione.»

«Lo terrò in cella qui al comando centrale, in carcere per lui sarebbe troppo pericoloso. L'aspettiamo.»

Fortunatamente al Circolo dei Momentanei avevo avuto occasione di fare conoscenza con l'illustre avvocato Ludovico Melorio-Cromi e si era stabilita tra di noi una certa corrente di simpatia. Decisi dunque di telefonargli e di esporre il caso alla sua attenzione. Egli mi ascoltò con attenzione e, come non dubitavo, egli fu assai colpito dall'aspetto umano e psicologico della vicenda.

«Credo, caro de Pondis, di avere tutti gli elementi per impostare la linea difensiva e stilare la traccia dell'arringa finale. Preparerò questi documenti e le darò l'indirizzo dell'avvocato Pedro Teixeira, mio corrispondente a Rio, il quale condurrà tutti i passi necessari in Tribunale per portare a buon fine il processo.»

«Avvocato, non dubitavo che la sua profonda umanità corrispondesse con totale aderenza alla sua preclara fama.»

«Troppo gentile, de Pondis, troppo gentile davvero.»

In aereo, sul volo per Rio de Janeiro, in prima classe, si sedette vicino a me una magnifica ragazza dai capelli rosso tiziano e dalle forme conturbanti. Aveva anche gli occhi di un improbabile color viola. Di questi tempi non sai mai se credere ai miracoli della natura, o ai miracoli della plastica. Lenti a contatto? Chi lo sa. Comunque la giovane creatura era simpatica ed espansiva. Io in genere sono poco proclive all'intrecciare vani discorsi con sconosciuti e forse per questo non sono mai convolato a nozze, ma quella volta il bel sorriso della fanciulla mi indusse a delle eccezioni di comportamento.

«Va in vacanza a Rio, eh?» mi apostrofò con aria di maliziosa complicità, con la sua piacevole parlata carioca.

«No, veramente ho una faccenda da sbrigare e ne approfitto per tenere alcune conferenze all'Università di San Paolo.»

«Che interessante!» esclamò spalancando i suoi magnifici occhi probabilmente viola, «e su quale argomento, se non sono indiscreta?»

«I rapporti sintattici tra i quarantuno gruppi di idiomi appartenenti ai ceppi linguistici amazzonici Tupi-Guarani e Macroje.»

«Davvero interessante» disse lei lievemente, «e la faccenda privata?»

«Ah, questa è un'altra storia.»

«Non mi tenga sulle spine. È una storia d'amore?» domandò speranzosa.

«Sì, in un certo senso sì, lo è.»

«La prego, racconti, adoro le storie d'amore.»

Le feci un esauriente resoconto dei turbamenti del povero Arturo.

«Poveretto» sospirò lei alla fine, e vidi che aveva un accenno di lacrime sul ciglio dei suoi magnifici occhi, presumibilmente viola.

«Non mi ha ancora detto il suo nome, amica mia!»

«È vero, mi scusi: mi chiamo Zenaide Da Silva.»

«Piacere di conoscerla, Zenaide. Sono il professor Flicaberto de Pondis.»

«Sa, professore, anche nella mia famiglia c'è stata una grande e triste storia d'amore.»

«Ora tocca a te raccontare» le risposi, passando al tu.

«Riguarda il fratello del mio bisnonno, il capitano Da Silva, appartenente ai servizi segreti brasiliani. Durante la Prima guerra mondiale era in missione a Parigi, e si innamorò perdutamente della famosa spia Mata Hari.»

«Non posso crederci! Straordinario!»

«Ebbene, per amore di lei affrontò l'estremo sacrificio. Quando lei stava per essere catturata, lui si travestì in modo da apparire come un sosia quasi perfetto, i francesi furono tratti in inganno, e fucilarono lui al posto di Mata Hari, che poté fuggire indisturbata.»

«Questo è vero amore, devo ammettere. Però qualcosa mi sfugge, insomma Mata Hari è ricordata per essere una donna assai avvenente e sensuale. Ora io mi dico, un capitano dell'esercito, per quanto si sforzi...»

«Ma proprio qui risiedeva la possibilità di salvare la sua amata: il capitano Da Silva, il fratello del bisnonno, aveva fattezze finissime e un volto dolce, quasi efebico. Non ebbe difficoltà a travestirsi da donna, e che donna! — mi raccontavano mio nonno e mio padre!»

«Una vicenda veramente e deliziosamente intrigante, nonché commovente.»

«Così è, eppure uno scriteriato malevolo, un certo Igor Vassilj Loewentsev, anni fa ha dato alle stampe un libello denigratorio, nel quale forniva una versione totalmente diversa dei fatti, che non esito a definire ripugnante.»

«Ti vedo irritata. Cosa può avere scritto questo individuo, questo Loewentsev?»

«Figuratevi, ha cercato di accreditare la versione che il capitano era uno sciocco esibizionista e un tipico travestito brasiliano. Si può essere più in malafede di così?»

«Non te la prendere, mia cara Zenaide. L'invidia è un'erbaccia inestirpabile dall'animo umano!»

Quando fu prossimo il momento dell'atterraggio, le diedi il mio biglietto da visita, dicendole:

«Grazie Zenaide, conversando con te il tempo è passato davvero in un attimo. Se avrai occasione di venire in Italia, mi farebbe piacere rivederti!»

La corte di giustizia del Tribunal Judicial era affollata dai soliti sfaccendati che prendono le aule dei Tribunali per cinematografi.

Il Pubblico Ministero aveva esposto le sue accuse, Arturo se ne stava silenzioso, a testa bassa, seduto al banco della difesa, i testimoni erano stati escussi, era arrivato il momento dell'arringa difensiva. Pedro Teixeira si alzò e diede inizio alla sua esposizione, che dopo avere preso in considerazione i tecnicismi legali della vicenda si sviluppò, come un andante sinfonico, attorno agli aspetti psicologici del caso. Ne riporto qui i passi essenziali:

"Che il mio assistito sia la causa indiretta di un notevole spargimento di sangue, non ci sono dubbi, né questa difesa intende sollevarne. Ma la pubblica accusa ha insistito molto sull'enormità dell'eccidio e sui futili motivi che sottostanno alla strage. Dimostrerò che l'eccidio non è in definitiva gran cosa e che i motivi che hanno scatenato l'eccidio non sono affatto futili."

Riconobbi immediatamente lo stile di Melorio-Cromi: il grande principe del foro sapeva evidentemente scegliere il meglio, per eleggere un avvocato locale come suo rappresentante!

L'arringa proseguiva incalzante.

"Sbrigherò rapidamente la prima tesi: chi sono le vittime dell'eccidio? Marmaglia, killer prezzolati, feccia dei bassifondi, pendagli da forca. Chi li ha uccisi? Si sono ammazzati tra di loro. Che brucino nelle fiamme dell'inferno, nessuno sentirà il bisogno di spargere lacrime, né di far perdere il prezioso tempo di questo tribunale per parlare di tale spazzatura. Veniamo adesso invece, con assai maggiore e penetrante analisi, alla figura dell'imputato, indicato come *primum movens* dell'intero dramma. Chi è costui? Un terrorista, un *agent provocateur*, un sinistro figuro uscito dal sotterraneo mondo dei servizi segreti, un sovversivo? No, signori della corte, egli è solo un povero scemo, dove per scemo non si deve intendere un incapace di intendere e volere, badate bene, che anzi in alcuni complessi campi dello scibile umano egli è assai dotato di vivo ingegno e vero talento. No! Egli è etimologicamente scemo, nel senso che alcune facoltà naturalmente presenti nell'individuo normale, sono in lui scemate, cioè assottigliate, indebolite. E cosa mai può avere provocato un tal turbamento nella sua mente? Signori della giuria: egli è stato folgorato dall'amore, come talvolta accade che uno sfortunato addetto ai tralicci delle linee elettriche, venga folgorato da una tensione di trecentomila volt. Questa scarica amorosa gli ha alterato il raziocinio ed egli, pensando alla donna, unica e irripetibile della sua vita, perde la ragione e la vede prigioniera, incatenata da oscuri nemici che tramano per strapparla a lui. Egli è semplicemente incapace di pensare che sia lei, a non volerne sapere di lui. Dandole questa giustificazione, questa causa di *force majeure*, legittimando la di lei assenza col noto precetto morale e giuridico *nemo ad impossibilia tenetur*, egli la assolve dal peccato di amore carente e convalida il proprio diritto-dovere di liberarla dal suo stato di cattività a colpi di mazza ferrata! E dunque concluderò dicendo: non c'è dolo, non c'è reato, non c'è cosciente volontà di nuocere, non ci sono danni, se si prescinde da una porta che necessita qualche riparazione; ci sono invece fortunatamente un paio di decine di incalliti delinquenti tolti di mezzo, della qual cosa non possiamo che compiacerci. Non posso fare altro quindi che chiedere — *ore rotundo* — l'assoluzione con formula piena per non avere commesso il fatto, e un premio governativo, sotto forma di un biglietto aereo gratuito per permettere ad Arturo di tornare libero in patria!"

Ci fu uno scroscio di applausi e il Presidente minacciò di far sgombrare l'aula.

Quinto capitolo

Sull'aereo che ci riportava in Italia, Arturo aveva continuato a restar chiuso in una specie di mutismo pressoché assoluto. Io decisi di rispettare il suo desiderio di privacy e non gli rivolsi domande, né cercai di indurlo a conversare. Belle ragazze, desiderose di raccontarmi affascinanti storie del passato, questa volta non ve n'erano e mi dedicai quindi coscienziosamente alla lettura dei giornali. Il mio vicino di posto, un distinto signore di mezza età e dall'aria perennemente cogitabonda, ad un certo punto mi rivolse la parola, mentre le hostess, con il carrello degli aperitivi, avevano iniziato il loro servizio.

«Mi scusi, ci siamo forse già conosciuti?»

Lo osservai attentamente.

«Sì, forse, il suo viso non mi è del tutto nuovo.»

«Potrebbe essere… ah ecco, mi ricordo, al Circolo dei Momentanei! Ho assistito recentemente alla presentazione di Melorio-Cromi, il famoso penalista.»

«Allora è certamente così. Infatti ero presente.»

«Permetta che mi presenti: sono l'avvocato Marcello Mainardi, di Milano.»

«Molto onorato. Flicaberto de Pondis» mi presentai a mia volta.

Fu così che feci la conoscenza con Marcello, col quale in breve tempo strinsi un legame di amicizia che si consolidò in seguito in una specie di rapporto confessore-penitente. In che senso? Nel senso che lui prese a raccontarmi le sue faccende private, anche le più intime e io mi resi conto che ciò era dovuto a una sua profonda sofferenza esistenziale e che il raccontare le sue pene aveva principalmente una funzione terapeutica. All'inizio la cosa mi turbava alquanto, sono di quelli che considerano indelicato occuparsi di fatti altrui, ma poi mi resi conto che stavo facendo un'opera buona e mi adeguai.

«Lei è sposato?»

«No» risposi, «non mi sono mai sposato. E lei?»

«Sono divorziato. Ho un figlio di ventisei anni. Si è appena laureato in ingegneria. E una figlia di ventidue. Studia architettura.»

«Congratulazioni!»

«Grazie. Ma la invidio: il fatto che lei non sia sposato, la esenterà in futuro dai tormenti del divorzio.»

«Perché parla addirittura di tormenti? Non è forse maggior tormento continuare una relazione impossibile?»

«Questo è vero, ma consideri un altro aspetto: in base agli accordi per il divorzio mi sto letteralmente dissanguando per mantenere la madre e anche i ragazzi, fino al trentesimo anno di età.»

«Ecco, a questo non avevo pensato.»

«E lei di cosa si occupa?»

«Glottologia e linguistica. Insegno all'Università.»

«Lei è il primo glottologo della mia vita.»

«C'è sempre una prima volta.»

«Ci diamo del tu?»

«Ma certo, Marcello!»

In quel momento Arturo sembrò uscire dal letargo e si rivolse a me, parlando lentamente, con fare cogitabondo — «Eu pregunto-mi, wotta facciu para salvifica ea? Mei inimici forti, muito forti. Pero ea de seguro devria esce para compere, eu regreso Riu, pone bomba de plasticu in proximo negotio e, cuando todos scappa-scappa, eu rapiro ea. Fugiti-ni sopramontes, viverenos en cabana de foresta.»

«Mi sembra un piano perfetto, Arturo. Però adesso riposati.»

«Grazie, Flicaberto.»

«Sai, io non sono assolutamente portato per le lingue», mormorò Marcello, «ma quello che ha detto il tuo amico… è strano, non ho capito niente, ma qui e là mi sembra di cogliere il significato di qualche parola.»

«Lui è Arturo, un caso interessante» gli risposi a bassa voce, «avremo modo di parlarne. Piuttosto, dimmi qualcosa del tuo viaggio in Brasile. Ci sei andato per motivi di lavoro?»

«In un certo senso sì, però nulla a che fare con la giurisprudenza.»

Lo osservai sorpreso.

«Ecco, io sono un avvocato, ma sono anche un satiro professionista» affermò.

«Davvero?»

«Sì, mi piacciono le donne. Non ne posso fare a meno.»

«Tutte?»

«Non proprio tutte, ho i miei gusti, come tutti, ma se appena appena rientrano nei parametri, le desidero, le voglio, le concupisco.»

«Perbacco, un caso singolare!»

«Tu non puoi immaginare i miei tormenti, imprigionato come sono a Milano dal lavoro, che mi concede solo rare occasioni di tregua. Ma io vorrei davvero vivere in qualche piccolo sperduto villaggio dell'Afghanistan, dove donne informi, mascherate dal burqa e infagottate da altri addobbi, non accenderebbero nessuno dei miei neuroni satirici, dato che ciò accade soprattutto con donne longilinee, magre, dal seno non eccessivo. Ma a Milano no, il martellamento visivo è incessante: donne belle, bellissime, semi-nude d'estate e misteriosamente drappeggiate in pregiati tessuti d'inverno. Eleganti, elegantissime, e sui loro volti quell'aria di ironica sfida: ti piaccio? Son qui, che aspetti? Ma appena formuli il pensiero di trovare un modo per entrare in contatto, ecco, non ci sono più, sparite, in auto, in un taxi, in una boutique o in un solarium, dal parrucchiere o in un portone. Forse ti sei solo sognato, uno scherzo dei tuoi nervi provati dalla successione continua delle divine visioni. Donne belle, sole, giovani, di tutte le razze e di tutte le specie, indigene, indiane, indicibili, indonesiane, indescrivibili, indù, indomabili, indicate a vista. Indisponibili, indisponenti, indipendenti. Ti accendono i neuroni satirici e poi non ci sono più.»

«Deve essere un bello stress!»

«Puoi ben dirlo. Vedi, io sono entrato da poco in quella confusa età maschile che va da cinquanta a sessant'anni, un'età metacritica, ancora così piena di densi desideri, quando ti rendi conto che le quarantenni e le cinquantenni cominciano ad apprezzare gli uomini di trenta o meno, e devi quindi rivolgere le tue attenzioni alle ventenni o trentenni: pagando, s'intende. Non parlo qui brutalmente di sesso a pagamento, no. Intendo dire che i costi generali del rapporto uomo-donna, in quell'età metacritica, subiscono un'impennata, un'accelerazione preoccupante. Naturalmente succede abbastanza spesso che le donne giovani, se decidono di occuparsi di un metacritico, si aspettino di trovarsi al fianco un uomo ben messo finanziariamente, spesso single per motivi vari, che so, vedovo, divorziato, separato, in procinto di separarsi, single per vocazione e via enumerando. Quindi un uomo ben disposto ad esaudire generosamente le richieste della propria affettuosa compagna, il che spesso accade. E se il vento della fortuna cambia? Perché anche di questo occorre tenere conto, in questi tempi incerti, dove diventare milionari è facile solo per i miliardari che perdono tre quarti del loro patrimonio in speculazioni sbagliate.»

«Una riflessione interessante, della quale dovrò ricordarmi.»

«Ma voglio ora rispondere alla tua domanda: cosa sono andato a fare in Brasile. Ci sono andato per trovare una donna che me ne facesse dimenticare un'altra.»

«Pensavo che un satiro non si innamorasse mai» riflettei ad alta voce.

«Questa è la regola. Ma se non ti annoio, ti vorrei dire delle circostanze che mi hanno condotto ad infrangerla, questa regola.»

«Ti ascolto col massimo interesse!»

«In un momento di crisi finanziaria, mia personale e del sistema economico mondiale, poco tempo fa ero riuscito ad incassare da un cliente un bel po' di soldi, che in cuor mio avevo già dati per persi. Certo, avrei dovuto metterli da parte, ma insomma, ero in uno stato depressivo preoccupante, e poi mi sembravano soldi trovati per strada, così decisi di spendermeli per un viaggio in Brasile. L'uomo che si trova a vivere un orizzonte temporale metacritico, finisce fatalmente per pensare al Brasile, prima o poi. A maggior ragione se l'uomo in questione è geneticamente satiro, col che intendo dire che ha bisogno di molta attività sessuale di alta qualità e a elevato indice erotico. Rio de Janeiro si è costruita una solida fama di città in grado di fornire l'elemento femminile adatto a soddisfare questo tipo di esigenze. Avevo in quella città degli amici, che avevano delle amiche, ciascuna delle quali aveva a sua volta un suo gruppo di amiche. Una città piena di amiche.

Le mie giornate a Rio non erano quelle del turista classico. Conoscevo bene la città, c'ero stato diverse volte, Corcovado, Pão de Açucar, scuole di samba, locali tipici: *déja vu*. Era settembre, e le giornate dolci. Mi alzavo molto tardi, perché andavo a dormire molto tardi. Prima colazione salutare con yogurt e frutta tropicale. Poi lunga passeggiata tra Copacabana e Ipanema, andata e ritorno, lungo avenida Atlantica. Sulla lunghissima e magnifica spiaggia che costeggia l'avenida, futuri campioni giocavano al pallone, ma io avevo occhi solo per le ragazze in tanga: nere bianche mulatte, una gioia dello spirito e dei sensi. Questo salutare esercizio mi accendeva i neuroni satirici e, ritornato in albergo, ero nella giusta disposizione d'animo per organizzare una serata con le amiche.

Tu dirai: ma questa è la giornata di un bruto, incolto e maniaco sessuale. No amico mio, queste erano le giornate di un satiro disperato. Devi sapere che io, in linea di principio, non sono affatto contro la monogamia, anche se l'avevo mal praticata prima di conoscere Jenica. Con Jenica è cambiato il mio rapporto con le donne: da lei avevo tutto quello che un satiro maturo può desiderare, non mi occorrevano altre femmine, né festini con orgia inclusa, né amanti segrete, né eccitanti avventure.

Ma un giorno l'ho perduta e da allora ho cercato di uscire dall'abisso di solitudine e di sconforto in cui mi aveva gettato il suo abbandono, cercando di recuperare le antiche abitudini e il gusto di assaporare frutti succosi sempre diversi. Ma dovevo confessare a me stesso che le cose non andavano come avrei voluto. Mi dicevo: gli anni che passano non aiutano, le prede vanno rarefacendosi o semplicemente sono fuori dalle mie capacità finanziarie, il corpo tende lentamente ma inesorabilmente a indebolirsi, e solo la mente continua a trasmettere impulsi erotici implacabili. Ma non potevo darmi per vinto. A tutto questo pensavo, camminando assorto, mentre mi dirigevo verso il ristorante che avevamo fissato come punto di ritrovo con gli amici. E le amiche. E ancora, riflettevo: forse era tempo di trovarmi a Milano una piacente signora, cinquant'anni ben portati e rimettere su famiglia? Esisteva? Certamente sì.

L'avrei potuta interessare? Penso di sì, non sono un brutto uomo, conosco il mondo, gli amici mi considerano divertente, simpatico.

Ma avrei continuato a essere divertente in quel contesto? Però nel momento stesso in cui li formulavo, questi pensieri mi apparivano vani, vacui. Io volevo solo Jenica.»

«Che strano. Questo è anche il problema del mio amico Arturo. Di circa tre miliardi e mezzo di donne che popolano il pianeta, solo una è la prescelta. Vedo in ciò qualcosa di mistico e di soprannaturale.»

«Credo che tu abbia ragione, questo è il vero grande mistero dell'amore.»

«Ma continua la tua storia, ti prego, è molto interessante. Scusami se ti ho interrotto.»

«Ecco, dunque: se Jenica non la potevo avere, potevo accontentarmi solo di un harem di donne ideali: longilinee, magre, dal seno non eccessivo. Intercalate con donne occasionali, di qualunque taglia o colore, purché molto portate al sesso. Infine dovetti ammettere che avrebbe potuto andare bene qualunque donna, ragionevolmente giovane e graziosa, purché fosse desiderosa di venire a letto con me. Stavo giocando al ribasso con me stesso. Ma intanto il mercato offriva solo amiche di Rio de Janeiro. Queste ragazze sono in genere belle, a volte molto belle, a volte disponibili, a volte no. Amavano uscire con gli stranieri, ma non era sempre una questione di soldi, a volte sì, a volte no. Potevano far l'amore per simpatia, oppure apprezzare un regalo, ma credo che per molte di loro la molla vera fosse un potente desiderio di emergere, un sogno di scalata sociale, e l'Europa veniva vista sotto questa luce come una terra promessa. Ne seguiva che l'uomo europeo, ricco e importante, poteva fare i doni più graditi, un invito al proprio Paese e un'attiva, risolutiva assistenza per ottenere un permesso di soggiorno e un trampolino di lancio per entrare nel giro giusto, cinema o televisione o moda che fosse. Ma io ero stato un uomo ricco e importante. Ero stato, tempo passato. Adesso non morivo di fame, ma una crisi generale aveva colpito anche il mio settore specifico. Avevo anche fatto qualche investimento non direi sbagliato, ma eccessivo. Forse pensavo che il tempo delle delle vacche grasse sarebbe stato senza fine. Insomma non potevo permettermi il ruolo del pigmalione. E neppure di fare regali strabilianti. Restava la simpatia.»

In quel momento fu annunciato che l'aereo stava preparandosi per l'atterraggio. Scambiammo i biglietti da visita e ci promettemmo di rivederci al più presto: in quell'occasione Marcello avrebbe continuato la sua narrazione che, confesso, mi stava interessando.

Erano punti di vista che mai mi avevano sfiorato nella vita.

Sesto capitolo

Sabato sera si tenne, al Circolo dei Momentanei, il tradizionale ballo annuale delle debuttanti. Qualche settimana prima mi ero consultato con Amaranta e con Virgiliana sull'opportunità di invitare all'evento Arturo. Le nobildonne sapevano del mio interesse scientifico per il meta-linguaggio sviluppato dallo sfortunato amico, e appoggiarono la mia proposta. Virgiliana sostenne che la vista di tante *jeunes filles en fleurs*, non poteva non avere un influsso benefico sulle sue paranoie.

Quando andai a prenderlo in macchina si presentò elegantemente vestito, indossava uno smoking, che gli inglesi chiamano correttamente dinner jacket e gli americani tuxedo, di ottima fattura.

«Non sapevo che tu avessi lo smoking. L'hai affittato?»

«Eu preguntado confezione a sartorio, illo rici-clante uno ja ado-perato, per festa-mea ballo fi-danzante cum Clorinda.»

«Molto bene, sei molto elegante, davvero. Quale festa?»

«Festa de esta noche, informatje dice-me, Clorinda est a danzamento.»

«Ma questa sera è il ballo delle debuttanti... con tutto il rispetto non credo che Clorinda faccia parte del gruppo.»

«Nao centra, de de-buttanti fotto-me, eu aqui per festa fidanzante.»

«Va bene Arturo, come vuoi. Adesso cerchiamo di non arrivare in ritardo.»

L'arrivo delle deb al braccio dei cadetti di una prestigiosa Accademia Militare nazionale, fu come al solito un'eccellente esibizione: le fanciulle erano tutte molto belle.

«Mie care amiche — commentai — non mi capacito: qui ci sono cinquanta splendori e non siamo a un concorso di bellezza. Il solo titolo di ammissione è costituito dal fatto di essere fresche diciottenni. Com'è possibile che siano tutte, dico tutte, belle?»

«Ah, non me ne parlare!», intervenne con una punta d'irritazione nella voce Virgiliana, «non me ne parlare. Ai miei tempi potevi solo essere bella, graziosa, così così, brutta. La natura ti assegnava al tuo gruppo e non c'era granché da fare. Al più, se avevi un brutto naso e un bel paio di tette, scoprivi le tette per distrarre gli sguardi maschili dal naso, e via dicendo. Ma oggi no, oggi sono tutte belle: cambiano il naso, le labbra, il colore degli occhi, il peso corporeo, la forma del culo, la dimensione delle tette…»

«Ma Virgiliana, che modi!» disapprovò Amaranta Cenobia.

«Amaranta, siamo tra adulti. Sai che non ti sopporto quando fai la verginella.»

«Sei la solita cavernicola!»

«Eh, cara mia, le donne cavernicole ne sapevano troppe, della vita!»

«Signore, signore» ritenni opportuno intervenire, «siete molto divertenti, ma ora godiamoci il magnifico spettacolo del valzer d'apertura!»

Erano appena cominciate le prime note del Bel Danubio Blu, quando Arturo, inopinatamente, decise di dire la sua, a voce alta:

«Eo non gusta ellas. En comparisone cum Clorinda, todas rakias. Clorinda ea sola bella-bella de su natura, nao estas ranokias reconstruidas de pede a cabello. Para mi opinio, hoc est ballo de ri-buttanti!»

Avvampai, imbarazzatissimo, ma le due gentildonne risero di gusto.

«Ah, che simpatico ragazzo, un primitivo che dice schiettamente ciò che pensa, grande!» commentò Amaranta, «e per di più, caro Flicaberto, ha un vero talento per i calembours. Fai bene a studiarci su, mi sembra un filone di ricerca interessante.»

Dopo qualche giorno dal ritorno in Italia, mi telefonò Marcello.

«Professore, come stai?»

«Sto preparando le tesi per due laureandi e un dottorando. Tutti e tre lavorano sul linguaggio di Arturo. Gli ho appena passato le registrazioni da sbobinare.»

«Quali registrazioni?»

«Ho sempre un microregistratore nel taschino della giacca, quando mi incontro con Arturo.»

«Ingegnoso! Senti, ci vediamo? Se vuoi ti racconto ancora un po' della mia storia, poi magari si mangia qualcosa insieme.»

«Perché no? Quando?»

«Questa sera. Passa da me in studio, verso le sei, sei e mezza. Ci beviamo un aperitivo, poi andiamo in qualche buon ristorantino nei dintorni.»

«Affare fatto.»

Lo studio di Marcello si trovava in una via prestigiosa di Milano ed era composto, giudicando dal numero di porte che si aprivano nel grande vestibolo d'ingresso, da numerosi locali. L'arredamento era sobrio e assai elegante allo stesso tempo: certamente costoso e molto. Il mio ospite aveva messo in fresco una bottiglia di Cartizze di Valdobbiadene e si era fatto portare, presumo da un bar dei dintorni, un vassoio di appetitose tartine.

«Senti Flicaberto, penso che ormai ti sia chiaro che io ho bisogno di parlare con qualcuno dei miei tormenti. Non so perché ho pensato fin da subito, dopo averti conosciuto, che tu potessi essere la persona giusta a rivestire il ruolo del padre confessore, ma ti prego, se non ti va di starmi ad ascoltare, non farti scrupoli. Dimmelo, io certamente non mi offenderò, ci mancherebbe altro, e saremo amici senza che tu ti debba sciroppare le mie geremiadi!»

Gli risposi:

Ed ecco oggi io faccio di te
come una fortezza,
come un muro di bronzo
contro tutto il paese,
contro i Re di Giuda e i suoi capi,
contro i suoi sacerdoti e il popolo del paese.
Ti muoveranno guerra ma non vinceranno,
perché io sono con te per salvarti.
Oracolo del Signore.»

«Cos'è?»

«Geremia, 1, 18-19.»

«Vabbè, ho capito. Con te non c'è competizione. Allora voglio raccontarti qualcosa di quando siamo arrivati insieme a Milano dal Brasile, ricordi?»

«Per certo.»

«A volte, in passato, quando tornavo dai miei viaggi di lavoro, a volte trovavo ad attendermi mia moglie. Ma questo era ormai un capitolo chiuso da un pezzo. Del resto il matrimonio era durato poco e ci siamo quasi completamente persi di vista. L'unico legame rimasto è l'assegno mensile. Ma, con un'acuta trafittura di nostalgia, mi ferì il ricordo di quelle volte in cui ad attendermi c'era Jenica. Lei viveva a Bucarest, ma veniva spesso in Italia come interprete di missioni commerciali governative del suo Paese. Qualche volta era capitato che un mio ritorno coincidesse con la sua presenza a Milano: in questi casi lei c'era all'aeroporto, sempre. Jenica era stata la mia amante ideale e idealizzata, insostituibile: la donna, di solito unica nella vita di un uomo, che fa sesso come mai nessuna prima di lei e che, quell'uomo ne è certo, nessuna farà mai così dopo di lei. Quest'affermazione, nel momento in cui la esprimo, sembra paradossale anche a me: possibile? Ci sono così tante donne, l'esclusiva dell'erotismo perfetto non può essere di una sola. Ma è così, non in senso assoluto naturalmente, ma in relazione alla struttura psicologica della mente maschile. L'incontro di un uomo con la sua controparte sessuale perfetta porta ad uno stato di esaltazione totalizzante che, in caso di abbandono da parte di lei, apre spesso la porta a tragedie: dal suicidio all'omicidio. E, se non si arriva a tali estremi, di certo apre la porta a un lungo periodo di sofferenza, non solo mentale, ma vera sofferenza fisica.»

«Stai aprendo scenari per me inaspettati, Marcello.»

«Lo capisco, tu sei superiore a queste cose, credo. Di sicuro la tua mente segue strade diverse dalle mie. Ma voglio cercare di farti capire: perché dunque Jenica? Provo a spiegartelo: per me, pur esperto conoscitore di tecniche amorose, come faceva l'amore lei era ogni volta un'esperienza sconvolgente, un unicum irripetibile, un delirio sensuale dal quale uscivo inebetito, distrutto. Mi rendo conto che tu dirai — ma insomma, a questo punto devi darmi più dettagli, fornirmi l'*ubi consistam* per comprendere la natura di prestazioni così eccezionali, francamente ciò che stai confessando mi riempie di curiosità. Voglio sapere tutto, nei particolari. Ma, amico mio, devo in parte deluderti. Potrò dare forse, qua e là, qualche descrizione intima, ma le mie non sono confessioni pornografiche, non ne sarei capace, mi sembrerebbe di dilapidare il mio personale patrimonio di memorie erotiche.»

«Mi fai venire in mente ciò che disse Sylvia Beach, l'intellettuale americana che a Parigi, negli anni '20 scoprì, pubblicò e lanciò l'Ulisse di James Joyce.»

«Che disse?»

«Lawrence l'aveva pregata di pubblicare l'edizione francese del famoso e per quei tempi osceno, *L'amante di Lady Chatterley*. Lei lo lesse e lo rifiutò, definendolo "una specie di sermone sul monte di Venere."»

«Ebbene, caro Flicaberto, tranquillizzati, non intendo far sermoni su quel monte, né su alcuna delle collinette circumvicine. Ti devi accontentare.»

«Non immagini che sollievo mi dia questa tua precisazione.»

«Comincerò col dire che Jenica non si faceva fare: faceva. Molto attiva, instancabile: ti portava vicino all'isola del tesoro, poi cambiava gioco e cambiava isola. Senza che io potessi uscire da lei, perché lei mi prendeva e mi tratteneva. La sua fessura nascondeva una trappola. Come le piante carnivore, che sono conformate in modo da permettere agli insetti di entrare, ma non di uscire, lei catturava il mio insetto inturgidito oltre ogni limite, alla soglia del dolore, e non me lo restituiva fino a quando ne aveva tratto tutto il possibile piacere. E agiva su di me, come una divinità indiana dalle molte braccia e dalle molte gambe, stimolando contemporaneamente molti punti sensibili del mio corpo, così che l'orgasmo, quando arrivava, era un'esplosione cosmica che devastava ogni parte del mio corpo ridotto in brandelli. Può un satiro perdere una donna così e non ululare disperato, battendo la testa nel muro?»

«La tua vivida descrizione mi permette di cogliere precisamente il punto, caro Marcello. Ma insomma, lei all'aeroporto non c'era. Non mi dirai che hai dato la testa nel muro, lì in aeroporto, spero.»

«No. Andai a casa, tristemente. Entrai nel mio appartamento: vuoto, silenzioso. La donna che l'accudiva, aveva lasciato la posta in pacchetti ordinati, sul tavolo dell'ingresso. Portai le valige in guardaroba. In soggiorno mi versai un whisky, poi andai in cucina a prendere qualche cubetto dal distributore automatico di ghiaccio. Tornai in soggiorno e mi sprofondai, stanchissimo, nella poltrona favorita. Pensare, dovevo pensare.

Il viaggio in Brasile. Conclusi che non mi aveva tolto niente, a parte i soldi. E non mi aveva dato niente, escluso un buon campionario di scopate. Non che un satiro professionista non apprezzi nella giusta misura delle scopate di qualità, ma voglio dire che nessuno dei problemi che avevo alla partenza fosse svanito al ritorno. Lei, Jenica, era sempre lì. Alzai gli occhi involontariamente verso la porta che dava nella zona notte. Quando decidevamo di andare a letto, lei si alzava sempre per prima e scompariva nella doccia. Avevo gli occhi chiusi e la scena, complice il whisky che stavo bevendo — era il quarto o il quinto? — andava delineandosi in modo sempre più nitido, lei nuda sotto lo scroscio d'acqua fumante, e si insaponava col suo bagno schiuma favorito. Le mani correvano sulla pelle morbidissima e tra i lunghi capelli, ma avrei giurato che stavano indugiando più del dovuto tra le gambe, leggermente divaricate. Voleva godere da sola? Eh, no, questo no, non è giusto! In preda ad un'agitazione incontenibile, un'improvvisa erezione in corso, vacillando sulle gambe e col bicchiere in mano, mi precipitai verso la doccia. Buia, vuota. Proseguii verso la camera da letto, appoggiai il bicchiere sul piccolo scrittoio vicino alla finestra. Il bicchiere si rovesciò, il liquido si sparse sul tavolo, e gocciolò sul pavimento. Mi buttai sul letto e mi addormentai piangendo.»

«Marcello, ma questo è un delirio, anzi un incubo. Temo di non avere un'abbastanza lunga frequentazione con te, per sentirmi autorizzato a darti dei consigli, ma perdio! — sei su una brutta strada e non sarei sorpreso se la tua attività professionale ne soffrisse, prima o poi.»

«Già, questo è il punto, me ne rendo conto anch'io, lucidamente. Ho cercato di contrastare tutta questa negatività, buttandomi a capofitto nel lavoro, ti assicuro. Al mattino seguente il jet-lag mi fece suonare una sveglia precoce nel cervello e mi alzai presto. Doccia, caffè forte, rasatura accurata. Cacciai alla rinfusa tutta la posta arrivata nella mia capace borsa: l'avrei vista con calma nello studio. Poi dal parrucchiere, con manicure. Arrivai in ufficio verso le dieci.

Alessia la mia segretaria, mi accolse con composta professionalità.

«Ci sono molte chiamate, avvocato, e molta posta da evadere, per la quale i collaboratori hanno bisogno del suo parere.»

«Molto bene. Vieni da me con le carte tra quindici minuti.»

Mi sedetti alla scrivania, straordinariamente in ordine, come sempre la ritrovavo di ritorno da un viaggio. Aprii la borsa e ne estrassi la corrispondenza privata, per suddividerla: fatture, bollette di varie utenze, pubblicità, lettere. Una di queste era di Jenica:

"Caro Marcello, non so come hai vissuto la fine del nostro rapporto. Io male, anche se sono stata io a lasciarti. Ma ho dovuto farlo e me ne sono fatta una ragione. Se tu richiedessi qual è questa ragione, ti direi che è la delusione. Tu mi hai delusa. Illusa e delusa. Forse è stato tutto un grande equivoco, non so. Ma tu mi hai mostrato una tua realtà milanese che non era reale: studio imponente, casa magnifica, automo-

bile di alta classe, ristoranti di lusso. Ma hai quasi subito iniziato ad elencarmi quei tuoi oscuri problemi di liquidità, come li chiamavi tu, che col passare dei mesi, nelle tue descrizioni, costruivano una tua immagine ruotata di centottanta gradi rispetto alla tua vita esteriore. Tu alla fine mi hai detto: per il momento sono sostanzialmente povero. Ma prima di questa sorprendente ammissione, mi hai riempito la testa di promesse, delle quali nessuna è stata mantenuta. Non ti voglio fare la lista della spesa, tu sai precisamente di cosa parlo. E sai anche esattamente la situazione di mio figlio. Bene, io la povertà l'ho già conosciuta, non mi interessa più come esperienza. Sono stata bene con te, forse anche tu con me. Riguardati, Jenica."

Rilessi la lettera un paio di volte, poi la riposi nella borsa e chiamai Alessia. Quando si sedette di fronte alla mia scrivania, le diedi il resto della corrispondenza domestica perché eseguisse il da farsi. Poi cominciammo ad esaminare la situazione dello studio, dei clienti, delle cause in corso e, salvo un veloce spuntino al bar dell'angolo, lavorammo fino a metà pomeriggio. Poi convocai i miei collaboratori e restammo in riunione fino a tarda sera. Il giorno dopo si preannunciava come una giornata molto pesante.»

«Sì, hai fatto la cosa giusta, in queste situazioni, non che io sia un esperto, forse il lavoro è l'unica ancora di salvezza.»

«Lo spero. Ma adesso sento che sto abusando della tua pazienza. Continueremo un'altra volta. Andiamo a mangiare qualcosa.»

In quel piccolo ristorante la cucina era buona, casalinga e i prezzi stranamente moderati per una città dove non mancavano rapinatori travestiti da ristoratori. Avevamo appena preso posto, che un amico di Marcello si avvicinò, salutò e chiese se avevamo un posto libero. Marcello gli fece segno di sedersi e mi presentò Giorgio Letterman, capo redattore di un quotidiano nazionale, dove dirigeva la cronaca cittadina.

«Dopo i trionfi tra le lenzuola brasiliane, ecco finalmente di ritorno tra le lenzuola domestiche il grande amatore!» esordì con una forte intonazione di presa per i fondelli.

«Le lenzuola domestiche sono deserte e fredde come l'Antartide, scribacchino» ritorse mestamente il destinatario dello sfottò.

Ordinammo minestrone alla milanese semifreddo.

«Hai avuto qualche notizia dalla fuggitiva?»

«Mi ha scritto una lettera.»

«Per dirti…»

«Che sono uno stronzo.»

«A volte le donne hanno il magnifico dono della sintesi.»

«Fanculo!»

Restammo in silenzio qualche minuto, vuotando lentamente la scodella di minestrone. Molto buono.

«Il fatto è, caro Giorgio, che ha abbastanza ragione. Ma se lei vuole la Mini Cooper e io non posso permettermi di comprarla, almeno per ora, questa è una buona ragione per piantarmi qui come un fesso?»

«Dipende. Tu gliela avevi promessa?»

«Sì, però usata.»

«Va bene, ma alla fine 'sto cazzo di macchina, nuova o usata, l'hai comprata?»

«No.»

«Ecco.»

«Le avevo promesso tante cose, ma ho mantenuto poco o niente. Più niente che poco.»

«E allora cosa vai cercando? Per un anno lei te l'ha data, stando ai tuoi resoconti, alla grande: al tartufo, al caviale, al foisgras e champagne, alla Belle-Hélène con cioccolata calda. Ritieniti fortunato, archivia e passa ad altro.»

«Non posso.»

«Perché di grazia, signor mio?»

«Perché io sono pazzo di lei.»

«In questa affermazione, le ultime due parole sono di troppo» sentenziò lui, «levale e diventerà una frase esattissima.»

Settimo capitolo

Sono nel mio ufficio all'Università e ho appena ricevuto una mail da Marcello. Eccola:

«Caro Flicaberto, l'altra sera non ho concluso il racconto del mio rientro a Milano, dopo il Brasile. Ricorderai che ti avevo accennato alla lettera di Jenica, ma poi si è fatto tardi, siamo andati al ristorante. Ecco, volevo dirti dei miei pensieri di allora, dopo aver ricevuta la lettera e avere lasciato l'ufficio. Ho camminato verso casa. La lettera di Jenica ha dato un senso preciso agli ultimi eventi del nostro rapporto, fino al giorno in cui scomparve dalla mia vita. Si spiegavano molte cose: nessuna risposta alle mie lettere, nessuna risposta al telefono, nessuna risposta agli SMS sempre più angosciati che le inviavo. Maledicevo in cuor mio la malasorte. Può un avvocato di successo e stimato satiro professionista, avere un periodo di crisi finanziaria, proprio quando il destino gli fa incontrare la ninfa della sua vita, per trattenere la quale basterebbe avere qualche decina di migliaia di euro da investire nell'esaltante avventura? Ma non vedevo via d'uscita, salvo forse interpretare la sua lettera come un criptico invito a riallacciare il filo spezzato, su basi diverse. Chissà. Avrei dovuto pensarci sopra, a mente più fresca. In quel momento mi sentivo molto stanco. Perdonami se ti inseguo con questi miei ricordi, ma tu sei l'unico, in questo momento, che mi dà conforto, con la tua pazienza e la tua disponibilità ad ascoltare. Grazie ancora, Marcello.»

Misi per il momento da parte la lettera e ripresi il mio lavoro.

Stavo preparando un ciclo di conferenze che ero stato invitato a tenere a Bucarest. Il tema verteva sui rapporti linguistici tra il rumeno e il moldavo. Francamente non ero molto interessato, perché ero assolutamente convinto che il moldavo altro non fosse che una variante del rumeno, lingua che presenta, come spesso accade, varianti dialettali geografiche, ma che sostanzialmente comprende in sé la totalità degli idiomi neo-latini parlati in Romania, Moldovia, e in alcune parti dell'Ucraina. Quindi lingue romanze indoeuropee, con non sostanziali variabilità locali. Ma la questione, per i diretti interessati, è invece fonte di accese polemiche, perché disgraziatamente alla filologia si è sovrapposta la politica, che ha trasformato la questione da argomento accademico a chiacchiera da bar, con le opposte tifoserie, naturalmente. In breve ecco i fatti: l'URSS dopo la Prima guerra mondiale aveva creato in Ucraina un'entità autonoma chiamata ASSR Moldavia per separare, anche politicamente, i cittadini di lingua romanza dalla Romania. Per rendere più chiaro il concetto, fu istituita ufficialmente la lingua moldava scritta in alfabeto cirillico, e non latino, come invece accade per tutte le altre lingue romanze. Dopo la Seconda guerra mondiale, ancora l'URSS, da potenza vincitrice, punì la Romania che aveva collaborato con la Germania nazista: staccò dalla Romania la Bessarabia, denominandola Repubblica Socialista Sovietica di Moldavia. La vecchia ASSR Moldavia fu soppressa e smembrata in due parti, di cui una, l'occidentale, entrò a far parte della nuova repubblica moldava e l'altra, l'orientale, fu annessa all'Ucraina.

Ma per quante giravolte e capriole la politica facesse compiere alla geografia, per me il rumeno e il moldavo continuavano, per buona sostanza, ad essere più o meno la stessa cosa.

Mi stavo dunque districando tra queste faccende, quando la segretaria mi annunciò una visita di Arturo. All'inizio ne fui leggermente infastidito, dato che mi sarebbe sembrato naturale farsi almeno precedere da una telefonata, ma alla fine dovetti convenire che se avesse fatto così, non sarebbe stato Arturo.

Dissi alla segretaria di farlo passare.

«Come mai da queste parti, amico mio?»

«Ipo-tesi facciu mi, ea non en Brasiu, pero est a Milano, prigiona di Argo. Pensa-tu che?»

«Arturo, non so che dirti… la polizia brasiliana sostiene che Clorinda Cucconi, italiana, ha sposato un brasiliano. Capisci? Clorinda Cucconi, cioè esattamente la tua Clorinda.»

«Puede esse omo-nimia. Mea informatje, su ea, erro-nea. Como provo-mi cerca ea en Milanie?»

«Ma abbi pazienza e non farmi perdere la mia, di pazienza! Milano è grande, no? E tu non sai di cosa parli!»

In quel momento suonò l'interfonico. Era ancora la segretaria che mi annunciava la visita dell'ingegner Ubaldo Rave Santi. Mi ricordai che eravamo rimasti d'accordo per un incontro: un accordo generico, un giorno di questa settimana, ecco, qualcosa del genere, ma insomma, anche in questo caso mi sarebbe sembrata opportuna una telefonata di conferma. Però, ancora una volta, dovetti ammettere che certi personaggi sono come sono, inutile cercare di pretendere comportamenti non coerenti con la loro natura. Ci trovammo quindi, improbabile compagnia, riuniti nel mio studio, Arturo, Ubaldo e io. Feci le presentazioni e ci sedemmo al tavolo rotondo da riunione, che si trovava a fianco della scrivania.

«Amigo de ti, enghenero, pude ser eu sape informatje de Clorinda, muitas cosas sapunt engheneros, eos conozcan personas en toda civitate.»

Alzai gli occhi al cielo, non sapevo che dire, e mi seccava il fatto che Rave Santi potesse pensare che avevo frequentazioni con persone deboli di mente.

«Eu crede-mi you Arturo, compagne-me Amaranta and Virgiliana fala-fala de te me-cum. De te opinio bona. Desculpa-me si ploha y pauco parla idioma-tu. Pur-tropo no tengo direkte informatje de Clorinda, pero promite-ti que eu informo-me y fare te sape.»

«Enghenero bono padrugo, eu multo bene volo eo.»

A bocca aperta e stralunato, fissai prima Arturo e poi Rave Santi.

«Ma… ma… come, Ubaldo, tu parli la lingua di Arturo, non mi capacito, com'è possibile, io stesso non ho ancora individuato precisamente i morfemi e i sintagmi, sono confuso e incapace di formulare ipotesi, che succede?»

«Nulla di speciale, caro de Pondis! Nelle lingue bisogna buttarsi, come chi a San Pietroburgo si getta nella Neva gelata, dopo aver praticato un foro nel ghiaccio, e ne riemerge prima che il freddo intenso richiuda l'orifizio. Le considerazioni sull'eventuale raffreddore o reumatismo vengono dopo, esattamente come vengono dopo morfemi e sintagmi!»

«Un punto di vista inconsueto, perlomeno dal punto di vista accademico.»

«L'accademia fiorisce quando ce ne dimentichiamo.»

«Un concetto assai ardito, devo ammettere.»

Mi sentivo esitante; non so perché quell'uomo mi metteva in soggezione e la cosa mi imbarazzava. Ero piuttosto abituato al fatto che ero io a mettere in soggezione gli altri.

«Dunque, passavo da queste parti, per caso, *strolling around the town*, in questi giorni mi trovo a Milano, sì, diciamo in vacanza, e mi sono detto, andiamo a trovare il professor de Pondis. Sai, io sono un modesto linguista dilettante e pensavo di parlare con te della tua affascinante specializzazione. Ma ecco che mi imbatto subito in questo interessante caso: che ne pensi di questa curiosa dissociazione linguistica di Arturo?»

«Ecco, caro Ubaldo, è un caso complesso. Egli si dissocia solo parlando di un solo e specifico argomento, una donna di nome Clorinda. Circa vent'anni fa, l'ha conosciuta sui banchi del liceo e se ne è perdutamente innamorato. Ritiene che per tutti questi anni la sua Beatrice gli sia stata confiscata, rapita e tenuta segregata dal professore di chimica di allora, tale Argo. Quando la sua mente si inabissa in questo gorgo, ecco affiorare il neo-idioma.»

«Situazione intrigante e misteriosa! Quale mai altro accadimento della vita umana eguaglierà la capacità di generare passioni incoercibili e stravolgimenti della mente, come l'amore negato e perduto?»

Rave Santi restò in silenzio per un breve tempo, poi si rivolse al dissociato:

«Caro Arturo, io conosco le tue sofferenze, perché ho avuto molti esempi su cui riflettere, riguardanti sia vicende che mi toccavano da vicino, sia vicende di altre persone. Se il professore me lo concede, vorrei raccontare un lontano episodio che mi sembra particolarmente illuminante.»

«Prego, prego Ubaldo, i tuoi racconti sono sempre interessanti» concessi benevolo.

Arturo se ne stava seduto, senza dire niente.

«Mi trovavo dunque a bordo di un sottomarino nucleare americano di ultima generazione, con il compito di controllare che certi componenti critici per il funzionamento dei motori atomici, forniti dalla società per la quale lavoravo, non mostrassero anomalie di sorta. La vita a bordo era abbastanza piacevole, incrociavamo in acque atlantiche, non lontano dalle coste degli Stati Uniti, a media profondità e non c'erano per la verità pericoli da correre, di nessun tipo. Pura routine. Ma il vero pericolo era insidiosamente nascosto nelle sembianze di un ufficiale della sala comando, addetta al tracciamento delle rotte. Immagino che vi stiate chiedendo il perché. Ebbene, l'ufficiale in questione si chiamava Brianna ed era una magnifica fanciulla, dal corpo felino e flessuoso, una venere nera dotata di tutte quelle attraenti rotondità che spesso si trovano, presso quella razza, in generosa abbondanza.»

Ubaldo si interruppe per emettere un breve sospiro, che sembrava ancora carico di nostalgia.

«Io non le nascosi, col passare dei giorni, un crescente interesse, e lei sembrò gradire, adottando nei miei confronti quella serie di movenze femminili che gli etologi definiscono accettazione del corteggiamento. Ma chi non gradì fu invece un altro contemporaneo corteggiatore, un grande esemplare di afroamericano molto muscoloso. Egli era un ufficiale addetto alla sala missili, e mi rese chiaro il concetto che se non smettevo di infastidire, così disse, *bothering*, la sua ragazza, *girl*, mi avrebbe spezzato l'osso del collo, *neck.*

Inutile dire che non mi detti per vinto, anzi resi più stringente l'assedio, finché una notte lei, oh grande e indimenticabile emozione, mi raggiunse nella mia cabina. Consumammo una dolcissima notte d'amore, al cui ricordo ancora fremo, dopo tanti anni! Ma due giorni dopo successe qualcosa di inaudito.»

«Cosa?», esclamò Arturo, dimostrando così che il suo semiassopimento era del tutto apparente.

«Fui proditoriamente indotto a unirmi in un brindisi organizzato da alcuni ufficiali, evidentemente sodali del nero, che drogarono la mia bibita e mi ebbero alla loro mercé.»

«Un comportamento inaccettabile sul piano deontologico!» affermai recisamente.

«Tant'è. Ma non è tutto. Come venni a sapere poi, mi avvolsero nella bandiera italiana — sapete che le navi hanno a bordo un completo assortimento di bandiere da inalberare quando arrivano nei porti stranieri — mi rinchiusero nell'ogiva di un missile acqua-terra da esercitazione, cioè a dire privo di esplosivo e mi lanciarono fuori dal sottomarino. Il potente Trident emerse dalle acque oceaniche e, seguendo le coordinate impostate a bordo dai miei rapitori, puntò direttamente verso i cieli di New York. Io avevo intanto ripreso i sensi e mi chiedevo angosciato dove mi trovassi in quel momento. Non avevo alcuna memoria del passato, né il più pallido indizio di cosa stesse succedendo, ma mi rendevo confusamente conto che la situazione presentava un certo grado d'instabilità e d'insicurezza.

Ad un certo punto il rombo sonoro che mi sovrastava terminò e si fece un gran silenzio. Essendo un missile da esercitazione, e quindi recuperabile, le procedure automatiche eseguirono le operazioni previste: si aprì un paracadute che depositò delicatamente l'ogiva a terra, la quale, come da programma, si aprì, e io mi trovai in Central Park a New York, quasi ai bordi della Fifth Avenue, avvolto nel tricolore. Destino volle che quello fosse il giorno della grande parata del Columbus Day, la celebrazione annuale dell'orgoglio italo-americano. Una folla enorme mi circondò e iniziarono tutti a cantare *Volare, nel blu dipinto di blu*. Divenni l'eroe della giornata e, mezzo frastornato ed intontito, marciai nei miei paramenti, bianco, rosso e verde, in testa al corteo. Ma il mio cuore sanguinava: dov'era adesso la mia Brianna, in quale depressione oceanica si trovava a opporre vanamente resistenza all'esperto missilista che, senza alcun fair-play, mi aveva vilmente eliminato dalla competizione? Non lo seppi mai. Per ragioni di sicurezza nazionale, l'imbarco era avvenuto di notte, mentre avevo la testa incappucciata in un panno nero, in un porto di cui non sapevo nulla.

Non mi era stato comunicato neppure il nome del sottomarino.»

Rave Santi tacque, il volto rabbuiato da un dolore evidentemente ancora assai vivo.

Arturo disse:

«Eu imagino-mi tu great dispiace para esta tragödia, vurria te dare help, si fuera posible. Tu amigu-meo.»

Ottavo capitolo

Uno dei miei studenti mi aveva sottoposto una serie di quesiti sul linguaggio di Arturo ed era chiaro che nella raccolta delle sue citazioni, non avevamo materiale sufficiente per chiarire i dubbi. Organizzai così una cena con lui, approntai il registratore e, armato di santa pazienza, andai all'appuntamento. Dovevo essere cauto: occorreva portarlo astutamente sull'argomento della scomparsa di Clorinda, senza nominarla; poi, al momento buono, sarebbe bastato pronunciare il nome fatidico per fare scattare la dissociazione, e lui avrebbe cominciato a parlare la sua lingua. Gli diedi appuntamento in uno dei miei ristoranti favoriti a Milano, dalle parti di Piazza Firenze. Davanti ad un sontuoso branzino al cartoccio, tenni con lui una conversazione su vari temi, per approdare poi, obliquamente, su Marcello.

«Ti ricordi quell'avvocato, Marcello Mainardi, che abbiamo conosciuto in aereo?»

«Sì», mi disse lui, ingozzandosi di deliziose patatine novelle, cotte insieme al pesce.

«Mi sta raccontando un sacco di cose della sua vita, è pieno di problemi.»

«Donne, soldi, gioco?»

«Gioco no, non credo, però sì, per il resto ci hai preso. Donne, anzi una donna. E una donna che pare alquanto costosa, ma in questo momento il lavoro non gli va benissimo, e quindi la sta perdendo, anzi l'ha già persa.»

«Ma lui, com'è con lei?»

«Innamorato alla follia. Ma lei ha bisogno di molte cose, e lui non può permettersele.»

«Una poco di buono?»

«No, no, non credo… Marcello mi ha detto che è una brava ragazza con un figlio, il padre se ne è andato e non aiuta, lei è rumena, lavora per vivere e per mantenere suo figlio, ma è chiaro che ha bisogno di un uomo solido alle spalle. E Marcello, in questo momento, non è solido.»

«Mi dispiace per lui, se potessi lo aiuterei.»

Era il momento giusto.

«A pensarci bene, è una situazione che conosciamo già, non è vero? Una donna che, per circostanze indipendenti dalla sua volontà, non può dare libero seguito ai suoi sentimenti, come Clorinda, no?»

«Quale nomine ea est, de girl de abogado?»

«Jenica»

«Eu, reputo-mi ea Jenica bona foemina, pero vida entricata puede manifestar-se e facere a todos sofre-soferenza.»

«Purtroppo è così.»

«Eu comprende soferenza de amore perdido y je voudrais ayuda todo que buscan su foemina fuge-fugita, ruba-rapita. Eu, si farò posible, en momento nece-sario ayuda abogado Marcelo.»

«Bravo Arturo, lo so che hai un animo nobile!»

La serata, oltre che sul piano gastronomico, si rivelò un vero successo anche da un punto di vista linguistico ed ebbi modo di raccogliere un'eccellente documentazione. Venerdì ricevetti uno straordinario numero di telefonate, tutte sullo stesso argomento: come organizzare il week-end.

La più inaspettata fu quella di Zenaide, la pronipote del capitano Da Silva, che avevo conosciuto in aereo. Mi comunicava di essere arrivata a Milano da poco e che sarebbe rimasta in Italia per un mese. Ricordava la nostra simpatica conversazione. Le avrebbe fatto piacere incontrarmi. Le dissi che l'avrei richiamata entro breve tempo e che sicuramente ci saremmo visti per il fine settimana. Marcello mi telefonò subito dopo, proponendomi un week-end in una sua casa di campagna, in Liguria, nella zona delle Cinque Terre.

«Una proposta interessante, ti ringrazio. Ho però un problema: durante il mio ultimo viaggio aereo a Rio de Janeiro ebbi la ventura di conoscere una ragazza brasiliana. Si chiama Zenaide. Pensa che mi ha telefonato un minuto fa per dirmi che si trova in Italia e che le piacerebbe passare il week-end con me.»

«E che problema è? Porta anche lei… com'è questa Zenaide?»

«Per quel poco che me ne intendo, sembra un gran bel pezzo di figliola!»

«E te la vuoi fare?»

«Dio non voglia, avvocato, è assolutamente troppo giovane per me!»

«Comunque d'accordo, è invitata anche lei, ci mancherebbe altro.»

«Grazie Marcello.»

Mi era sembrato di notare una punta di ingrifatura nelle sue ultime parole, dove il termine *ingrifato* fa parte del lessico giovanile, uno dei miei temi di studio, per indicare l'uomo *sexually aroused*, sessualmente eccitato. Forse gli si era acceso qualche neurone satirico. Ma la giornata non era finita, in termini di pianificazione vacanziera. Mi chiamò infatti Amaranta:

«Caro caro professore. Non dirmi di no, tanto sarà sì.»

«Dimmi, mia dolce…»

«Week-end lungo nel mio castello in Chianti. Si torna lunedì. Ci sarà di sicuro Virgiliana, con un suo cugino, ci sarà Ubaldo e naturalmente tu. Porta chi vuoi quindi, anche se hai preso altri impegni, non è una scusa valida. Vieni con chi ti pare.»

«Amaranta, non cerco scuse, ma almeno voglio dirti che avevo accettato un invito dall'avvocato Mainardi e che ci sarei andato con un'amica brasiliana e con Arturo. Tutti da te?»

«Quante volte te lo devo dire?»

«Bene, bene, d'accordo. Grazie a nome di tutti! »

«A presto. Se venite in treno, fammelo sapere, che mando l'autista a prendervi a Firenze.»

Alla fine decidemmo di andarci in macchina, in Toscana. Con la grande BMW SUV di Rave Santi. Proposi di far guidare Arturo, garantendo personalmente che era un autista provetto e prudente. Così l'auto fu allestita con due sedili rivolti in avanti che ne fronteggiavano altri due, rivolti all'indietro: un piacevole salotto, nel quale ci accomodammo in quattro: Zenaide, Marcello, Ubaldo e io. La bella Zenaide, in mezzo a quattro uomini si muoveva leggera e spigliata, senza il minimo imbarazzo, con il suo magnifico sorriso sempre aleggiante sul volto angelico, e ci guardava allegra con i suoi splendidi occhi, quasi certamente viola. Marcello si rivolse a Rave Santi:

«Ingegnere, lei che è amico di lunga data, mi dica qualcosa della duchessa, visto che mi accingo a essere suo ospite, senza sapere nulla di lei.»

«Volentieri, amico mio. Amaranta Cenobia, di nobilissima famiglia, sposò assai giovane il duca Rogelio Zacarias de Sevilliana y Novalonga, uno degli uomini più ricchi di Spagna e, credo, d'Europa. Egli era di molti anni più anziano di lei, e purtroppo un tragico destino pose fine a questa romantica storia d'amore.»

«Che accadde?» esclamò presa da subitaneo interesse Zenaide.

«Morì in Kenia, sbranato da una belva feroce.»

«*Meu deus*» mormorò sgomenta la fanciulla.

«Un incidente di caccia, dunque» commentò pensoso l'avvocato.

«Il duca in verità si trovava in Kenia a caccia, ma non fu un incidente di caccia, per la precisione. No. Il duca era dal barbiere del villaggio che teneva bottega in un modesto *tucul*, quando una tigre entrò famelica e, adocchiato il duca che era un uomo robusto e decisamente sovrappeso, quindi appetitoso dal punto di vista della tigre, lo aggredì e lo sbranò seduta stante.»

«Scusami Ubaldo» mi sentii in dovere di intervenire, anche a nome di tutti gli altri presenti, «ma, con il dovuto rispetto, non mi risulta che ci siano tigri in Kenia.»

«Infatti. L'animale era fuggito da un circo che aveva piantato la tenda nella periferia di Nairobi e, dopo giorni di vagabondaggio nella savana, era giunto affamato al villaggio nei pressi del quale si trovava l'accampamento del duca.»

Nessuno ebbe la forza di fare un commento di fronte a tanto strazio. Una certa tristezza era calata sulla compagnia. Arturo guidava con perizia, a velocità moderata. Tutti se ne stavano silenziosi: cercai un modo per cambiare il mood del momento.

«Sapete cari amici che il nostro avvocato mi sta raccontando una vicenda della sua vita molto intrigante. Riguarda un amore difficile, un argomento che certamente interessa tutti. Marcello, so che la vicenda per te è penosa, ma forse ti farà bene parlarne, non solo con me, ma anche con i nostri compagni di viaggio. Per esempio, dopo tutto ciò che mi hai narrato finora, non so ancora come hai conosciuto la tua Jenica. Ti va di dirci qualcosa?»

Zenaide, alla prospettiva di sentire una storia d'amore, osservò intensamente Marcello. Quest'occhiata, viola, umida e coinvolgente, stimolò Marcello all'affabulazione.

«Ebbene, il mio amore perduto si chiama Jenica ed è rumena. Donna assai affascinante, mi prese il cuore fin da subito e vi dirò adesso come la conobbi.»

Tacque alcuni istanti, come per riordinare i pensieri.

«Andò così. La Camera di Commercio rumena aveva organizzato uno stage a Bucarest della durata di un mese, per avvocati e commercialisti italiani interessati a familiarizzarsi con le procedure legali e amministrative di quel Paese. Molte aziende italiane, infatti, in quegli anni avevano cominciato ad impiantare delle filiali in Romania, ovviamente per sfruttare i minori costi della mano d'opera rispetto all'Italia; inoltre l'ammissione di Bucarest nel consesso dell'Unione Europea era stata sancita nel gennaio del 2007. Tutto ciò faceva sì che molti professionisti italiani avessero molto interesse a tali corsi di aggiornamento. Così decisi di iscrivermi. Lo stage durava dal venti luglio al venti agosto. Telefonai a un collega di Bucarest, col quale avevo lavorato in passato e col quale si era instaurata una salda amicizia e gli chiesi di prenotarmi un mini-appartamento in un residence per il periodo di permanenza. La bella Bucarest mi accolse con una magnifica giornata di sole. La città una volta era chiamata la Parigi dell'est, una città viva, cosmopolita, dai più vari stili architettonici che si erano andati stratificando lungo i secoli e tale era rimasta fino a quando fu dato inizio ai dissennati interventi urbanistici voluti dal dittatore Ceauşescu negli anni '80. Il mio amico, l'avvocato Lucian Ghiţescu, era venuto a prendermi in aeroporto e mi accompagnò al mio residence, dove lasciai i bagagli, per uscire quasi subito con lui. Il programma prevedeva un aperitivo in centro e poi un ristorante alla moda, frequentato a suo dire dalle più belle ragazze della città. Arrivammo dunque in Lahovari Plaza, all'Embassy, un cocktail bar molto piacevole, con una terrazza tra i giardini. Era frequentatissimo, si sentivano parlare le lingue di mezzo mondo e il campionario femminile che si offriva ai miei occhi accendeva frequentemente i miei neuroni satirici.»

«Cosa sono i neuroni satirici?» chiese incuriosita Zenaide.

«Ah, scusami, è un'espressione che ho inventato io per esprimere il concetto che a volte un uomo si fa prendere da impulsi erotici, improvvisi e assai energici.»

«Grazie, ho capito» rispose riflessiva la ragazza.

«Dunque, fatto sta che dovetti assumere senza accorgermene un'aria alquanto immandrillita, tant'è vero che Lucian mi disse —hai la faccia di uno che sta pensando a quella cosa. Lucian era un bell'uomo, un tipo simpatico nei suoi anni quaranta, e parlava per mia fortuna un buon italiano. Amico mio — gli risposi — a quella cosa ci penso *night and day*, solo che adesso ci penso più intensamente del solito. Con tutto questo ben di Dio intorno, puoi capirmi!

—E come no. Senti, sono certo che se restiamo qui una mezz'ora, mi capiterà a tiro qualche amica, e con un po' di fortuna potrò cercare di combinare la serata al ristorante con un paio di fanciulle. D'altra parte è troppo tardi per telefonare in giro, qualunque ragazza invitata a quest'ora, penserebbe che sto cercando di porre rimedio a un pacco ricevuto, e mi manderebbe al diavolo.

—Capisco il punto. Comunque grazie al suo buon cuore, signore.

Ordinammo un martini e cominciammo a parlare della città.

Mancavo da Bucarest da diverso tempo, e la città mi sembrava molto cambiata, in meglio.

—Lucian, sbaglio o la città ha perso quell'aria di provvisorio che si notava fino a pochi anni fa?

—Sicuramente sì. Le opere che erano rimaste incompiute al tempo della caduta di Ceauşescu, sia nel senso di nuove costruzioni che di demolizioni, sono ormai quasi tutte completate. Le strade sono state in gran parte rinnovate, sono più pulite. E si nota un grande fermento di nuova architettura moderna. C'è più ricchezza. Non per tutti naturalmente. Ma la capitale sta vivendo una nuova vita.

—E quel palazzo pazzesco, come si chiamava… la Casa del Popolo…?

—La Casa Poporului. Povero popolo. Il palazzo è quasi finito, ci hanno messo dentro la Camera dei deputati, poi il Senato. E anche la sede del Museo Nazionale di Arte Contemporanea. Ma come sai stiamo parlando del più grande edificio al mondo, dopo il Pentagono di Washington: un oggetto di sessantacinquemila metri quadrati di base, alto ottantasei metri, con piani sotterranei per novantadue metri. Non è facile trovare un utilizzo razionale per un palazzo di oltre tremila stanze e con saloni da seicento metri quadrati di superficie.

—Ne affitterò uno per festeggiare il mio prossimo compleanno — dichiarai ridendo.

Mentre eravamo in questa conversazione, vidi Lucian ondeggiare la mano in direzione di due giovani donne, che cercavano un tavolo, senza successo. Come ho detto il locale era pienissimo. Si alzò in piedi per farsi scorgere meglio e, quando si avvicinarono, le invitò al nostro tavolo.

Feci dunque la conoscenza di Alisa e Mihnea. Quest'ultima parlava un discreto inglese, lingua che anch'io padroneggio abbastanza per conversazioni semplici, e fu così possibile mantenere un ragionevole livello di intercomunicazione verbale. Un aiuto a sviluppare le competenze linguistiche venne anche dal secondo e poi dal terzo martini della serata, le ragazze erano sciolte e rilassate, tutto prometteva per il meglio. Dall'Embassy ci spostammo al Caru' cu Bere, un ristorante il cui nome, in italiano, significa Carro della Birra. Più che un ristorante sembrava un museo, dove erano stati preservati gli antichi dipinti murali, gli arredi in legno intarsiato, lo stile, l'atmosfera e l'eleganza della vecchia Bucarest. Una gioia per gli occhi e come ben presto scoprii una gioia del palato per l'ottima cucina. Al contorno balli e musiche tradizionali rumene. Tutto perfetto, anche il dopocena, con le nostre belle amiche che a casa di Lucian ci gratificarono con eccellenti dimostrazioni di fraternità sessuale tra i popoli.»

Il giorno seguente, un sabato, mi dedicai a sistemare il mio appartamentino e a rifornire la cucina di quegli ingredienti la cui mancanza nella dispensa induce un buon italiano alla malinconia e a pensieri negativi. Nel supermercato del quartiere acquistai dunque sale grosso, spaghetti, pomodori in scatola, olio di oliva, formaggio grana e una grattugia. E un vasetto di peperoncino in polvere. Fiero del mio carrello sul quale mancava solo una bandierina tricolore mi avviai alle casse quando, già sul punto di pagare, dopo avere fatto una lunga coda, mi accorsi di avere dimenticato cipolle e aglio. Mi prese una acuta agitazione, perché da una parte non volevo rifare la coda, d'altra parte non sapevo come spiegare che avevo bisogno di tornare indietro a comprare quello che avevo dimenticato, così facendo vaghi gesti curvilinei con le mani dissi alcune volte alla cassiera "cipolle e aglio" ottenendo che si mettesse a ridere insieme ad altri clienti nelle vicinanze, il che aumentò la mia agitazione perché mi venne l'orribile dubbio che forse i suoni "cipolla e aglio" in lingua rumena avessero significati ambigui.

Nel frattempo ero violentemente arrossito, questo aumentò il mio disagio finché una voce celestiale intervenne, in rumeno, a chiarire la situazione e a me parve così consolante, come deve essere la voce dei soccorritori che si avvicinano al punto in cui dei minatori sono rimasti intrappolati, per un crollo, in miniera. La stessa voce, che proveniva da dietro le mie spalle, questa volta in italiano, mi disse:

—Le conviene pagare e uscire, c'è troppa gente in coda. Vado io a comprare aglio e cipolle e lei mi aspetti qui fuori per favore.

—Grazie, lei è troppo gentile… mormorai confuso, ma la ragazza che aveva parlato si era già allontanata col suo carrello.

Quando uscì da una delle casse, mi si fece incontro porgendomi i vegetali causa del trambusto ed ebbi così l'occasione di osservarla meglio. Era una bella donna, le diedi una trentina d'anni, dai capelli castano scuro e gli occhi azzurri, alta, ben modellata. E con un contagioso sorriso, che donava non solo al suo viso, ma a tutto il suo essere un fascino emanante simpatia.

—Grazie, non so come sdebitarmi, quanto le devo, e poi… complimenti, lei parla un ottimo italiano!

—Non mi deve niente, omaggio della casa. Per quanto riguarda la mia conoscenza dell'italiano… è semplice, ci campo, faccio l'interprete. Vado spesso in Italia per il mio lavoro.

—Ma guarda, quando si dice la combinazione! Senta, le dissi colpito da un subitaneo pensiero, come vede ho qui tutto l'occorrente per una bella spaghettata. Abito qui vicino, le va di tenermi compagnia? Io mi chiamo Marcello. Posso chiedere il suo nome?

Mi sentirei di affermare che feci la proposta in buona fede, ma chi può veramente dirlo, i miei neuroni satirici agiscono attraverso circuiti nervosi che non sempre sono sotto il controllo della mia volontà. Lei mi guardò come stupita, l'aria leggermente divertita.

—Mi chiamo Jenica. Secondo lei una ragazza che conosce gli italiani, va a casa di un italiano conosciuto da cinque minuti a mangiar spaghetti?

—Già, ecco... non avevo considerato la cosa da questo punto di vista — dissi con aria contrita.

Lei si mise a ridere.

—Su, non si abbatta così. Possiamo sempre andare a mangiare una pizza, una di queste sere, se si ferma a Bucarest.

Mi ero ripreso:

—Ma che pizza! Andiamo nel migliore ristorante della città, lascio a lei la scelta del luogo, del giorno e dell'ora!

—Vediamo… dopodomani sera, a La Terasa Doamnei, alle nove. Prenoto io. Ci troviamo lì, le va?

Presi opportunamente appunti scritti sulla mia agendina.

—Fantastico, non dormirò fino a lunedì sera.

—Sempre esagerati, voi italiani. Ciao Marcello, a lunedì, disse sorridendo mentre scappava via.

—Ciao Jenica, la salutai con trasporto.

Passai la domenica in giro per la città, poi dedicai del tempo a preparare i testi su cui avrei studiato durante lo stage che cominciava il giorno seguente. Ma il pensiero del lunedì sera mi picchiettava in testa con intensità inversa al diminuire delle ore che mi separavano dall'incontro con Jenica. Il giorno successivo seguii per tutta la giornata le lezioni che erano tenute in rumeno con traduzione simultanea in italiano.

Alle sei e trenta del pomeriggio tornai a casa e mi dedicai ad un'accurata preparazione per la serata.

Doccia, toelettature varie, profumazioni adeguate, scelta della vestizione. Alle nove meno dieci passeggiavo cercando di dominare il nervosismo, davanti al ristorante. Perché nervosismo? — direte voi. Perché mi ero reso conto, solo in quel momento, che non ci eravamo scambiati né indirizzo, né numeri del telefono. Forse non stavo passeggiando davanti a un ristorante nel quale avrei passato un'indimenticabile serata in compagnia di una bella e intrigante rumena, ma stavo passeggiando sull'orlo di un'abissale delusione.»

«Ha corso un bel rischio» interloquì Rave Santi, «le donne hanno talvolta questa curiosa tendenza a scomparire, anche quando si posseggono tutte le coordinate per rintracciarle. In questo caso la situazione era veramente pericolosa…»

«Non posso che essere d'accordo con lei, ingegnere. Ma fortunatamente in quel momento arrivò lei, elegante e di buon passo, facendomi un cenno di saluto con la mano. Di colpo l'apprensione svanì, per lasciare posto ad una dolce e palpitante ansia di approfondire quell'insperata e promettente conoscenza. Ci salutammo con un breve abbraccio, ed entrammo al ristorante, un simpatico locale dall'aria rustica, già quasi completamente occupato dagli avventori. Una volta accomodati al nostro tavolo, la conversazione si mantenne a lungo, in modo piacevole, su temi generici, ma io stavo freneticamente cercando un modo di rivedere Jenica, di trovare un legame, un aggancio più robusto, un amo più forte col quale catturare quel pesce prelibato. D'altra parte la risposta che mi ero preso sui denti quando impulsivamente l'avevo invitata a casa per la spaghettata, mi consigliava prudenza; questo non era un pesciolino d'acqua dolce, ma un astuto e sospettoso pesce oceanico.

Seguì questa conversazione:

—Quando andrai in Italia, la prossima volta?

—Probabilmente la settimana ventura. Credo che ci sia una delegazione in partenza per il tuo Paese. E tu quanto ti fermi a Bucarest?

—Tutto il mese. Forse potremo rivederci, qualche volta.

—Forse sì, ma non ho molto tempo. Ho il lavoro, la casa da mandare avanti. E Lorian, mio figlio, di otto anni. Queste sono le cose che ho. Quello che non ho è un marito che mi dia una mano.

—E il padre del bambino?»

—*Desaparecido*, disse lei con una punta di amarezza, guardandomi negli occhi.

In quelle poche battute, si era venuta chiarendo di colpo tutta la situazione, che fino a quel momento avevo ignorato. Dunque lì era la chiave: offrire un sostegno concreto, dimostrarsi attento alle necessità primarie di una donna in difficoltà e conquistarsi un posto nel suo cuore e forse anche l'amore, o perlomeno una disponibilità a esplorare l'esperienza di un'amicizia affettuosa. E intima. Dal punto di vista economico non stavo attraversando i miei tempi migliori, ma quella sera ero ottimista e mi convinsi che le mie erano solo difficoltà passeggere e che tutto sarebbe andato per il meglio.

Così le dissi:

—Mi piacerebbe poterti aiutare.

—Non preoccuparti, me la caverò, come sempre, rispose lei con una certa fermezza.

Quando la cena finì, eravamo entrati in un certo grado di simpatica confidenza, ma sentivo in lei la presenza di uno scudo protettivo che l'avvolgeva, rendendola impenetrabile ai miei tentativi di stabilire una tensione di legame più forte. Le proposi di andare in un club, o un piano-bar o dove voleva lei, ma rifiutò, giustificandosi col fatto che il mattino doveva alzarsi molto presto. Tutto quello che ottenni fu uno scambio di numeri di telefono e nessun impegno preciso per un altro incontro. Anche l'offerta di accompagnarla a casa in taxi fu respinta, gentilmente, ma fermamente. Non ci sarebbe stato neanche il bacio della buonanotte. La salutai fuori dal ristorante e lei si avviò sveltamente verso la stazione della metropolitana. Non era stata la serata che avevo sperato.»

Arturo espresse il suo parere:

«Opino-eu que come per mea Clorinda, diffi-cile situatje siempre depende de marito. Yo seguro, que tu piace ea, pero ea pequeno infante habe and esto mete ela in dominatio conjugo perfido, que de seguro est problema por ela.»

Intervenne Ubaldo.

«Esta ana-lisi de te, parece-me muy very smart. Tu bueno connaisseur de core de foemina.»

Marcello mi chiese una traduzione del dialogo, che gli fornii, ancorché riluttante ad accettare il fatto che Ubaldo e Arturo comunicassero in quella lingua.

«Be', caro Flicaberto, il tuo amico Arturo vede lontano, come più avanti capirai meglio. Comunque, mentre tornavo a casa, mi fu chiaro che ero molto lontano dall'avere stabilito un rapporto solido con Jenica. Poteva anche essere già finito tutto nel punto in cui ci eravamo lasciati, pochi minuti prima. Ci voleva un colpo risolutore. Mi concentrai sul tema, esaminai varie strategie e alla fine ritenni di avere individuato una strada da seguire. Il giorno successivo, alla fine del corso, telefonai a Lucian.

—Amico mio, mi occorre il tuo aiuto, gli dissi con aria implorante.

—Dopo quarantotto ore a Bucarest ti occorre già un testimonio di nozze?

—Magari! Ma per il momento devo ancora fidelizzare la fidanzata.

—In che senso, scusa?

—Lei mi piace molto, l'ho già portata a cena, ma tiene la guardia alta. Pare impenetrabile. Donna sola, con figlio piccolo. Molto bella, ma con problemi esistenziali. A questo punto potrei anche non avere più l'opportunità di incontrarla un'altra volta. Ma mi sono detto: facciamole vedere che l'amicizia con me, anche disinteressata, voglio dire *sex-free*, rende, dà vantaggi e sicurezza, un alleato al suo fianco. Poi se l'amore verrà tanto meglio. Ma qui si propone solidarietà, capisci l'idea, non safari tra le lenzuola. Serietà e affidabilità, ecco il nostro motto.

—Cosa cazzo hai in mente, me lo dici e la smetti di sparare palle?

—Dunque, l'idea è questa: io le telefono e le dico che un mio cliente italiano, saputo che mi trovo in Romania, mi ha affidato un incarico, riguardante certe sue faccende in questo Paese. Tu sei l'avvocato della controparte e dobbiamo avere un abboccamento, per vedere se riusciamo a comporre amichevolmente la vertenza. A questo punto io ho bisogno di un'interprete, ovviamente e, guarda caso, ne ho casualmente conosciuta una molto competente. Cara Jenica, vuoi essere tu la mia interprete? Ti posso dare, per questa prestazione professionale, centocinquanta euro all'ora. Che ne dici? A questo punto non sarei più uno incontrato per caso, ma una persona che si ricorda di Jenica quando si offre un'opportunità favorevole.

—Piano di un'astuzia diabolica, caro Machiavelli. E di grazia, quale sarebbe questo famoso caso giuridico di cui io e te dovremmo discutere?

—Chi se ne frega, Lucian. Facciamo del bla-bla-bla legale, parole difficili, qualche brocardo in latino, recitiamo a soggetto e poi troviamo un bell'accordo, ci alziamo, ci diamo la mano. Io esco con lei, le do il compenso pattuito e la invito a cena, dicendole che questo è stato solo l'inizio di una luminosa carriera di interpretariato in campo legale. Vuoi che mi dica di no?

—Io se fossi in lei mi concederei a te anima e corpo, senza pensarci due volte.

—Questo si chiama incoraggiare gli amici! Grazie Lucian, a buon rendere.

Ci trovammo dunque, qualche giorno dopo, verso il tardo pomeriggio, nello studio di Lucian: lui, io e Jenica. La commediola stava per iniziare.

—Egregio avvocato Ghițescu, attaccai io, grazie per avermi ricevuto quasi senza preavviso.

—Ci mancherebbe altro, era un'occasione molto conveniente per incontrarci.

Jenica traduceva, frase dopo frase.

—Avvocato Mainardi vuole ricapitolarmi la situazione, e illustrarmi il punto di vista del suo cliente italiano?

—Certamente collega. Dunque, in breve, ci troviamo di fronte a un caso di fornitura da parte della società italiana all'azienda rumena, di un'apparecchiatura non difettosa, ma che avrebbe potuto potenzialmente produrre oggetti difettosi, cosa che di fatto sfortunatamente avvenne.

—Infatti, questo è quanto accaduto in conseguenza del fatto che la macchina, a programma numerico, è stata programmata erroneamente.»

—Dunque, Ghițescu, lei riconosce l'errore di programmazione.

—Sì, ma ciò che noi imputiamo all'azienda italiana, è di non avere predisposto opportuni filtri e procedure di autocontrollo, in grado di evitare l'errore umano, che in quanto tale, è sempre un'evenienza possibile.

—*Onus probandi incumbit actori*, dissi io.

—*Abusus non tollit usum*, replicò con aria severa il mio interlocutore.

Jenica si agitò sulla sedia.

—Scusate signori, ma non vi seguo.

—Perdonaci tu, cara, questo è latino, ma non preoccuparti, in questi casi non occorre tradurre, per noi avvocati queste frasi sono chiarissime.

—*Inaudita altera parte*, direi allora che siamo pronti ad ascoltare le vostre proposte.

—Ecco dunque, gli risposi, tenendo presente che *qui iure suo utitur, neminem laedit* vorrei sunteggiare i termini della questione e giungere a una proposta di accordo. I macchinari venduti dal mio al suo cliente, servono per produrre chiodi. A quanto pare è successo che, per un errore di programmazione, sono stati prodotti dodici milioni di chiodi senza punta.»

—Forse non ho capito bene», intervenne Jenica, hai detto senza punta? Cosa significa?

—Che normalmente un chiodo ha una capocchia e una punta. In questo caso i chiodi prodotti avevano due capocchie e nessuna punta, le spiegai pazientemente.

Lei tradusse con voce calma le ultime battute.

—Ciò è quanto è successo, purtroppo, confermò Ghiṭescu pacatamente, e quindi cosa proponete?

Attesi la traduzione di Jenica e continuai.

—Una cosa molto semplice: questi chiodi sbagliati misurano centoventi millimetri. Il mio cliente dispone in Italia di una macchina che può rilavorare i chiodi difettosi, tagliandoli in due e creando la punta mancante. Quindi da dodici milioni di chiodi da centoventi millimetri, si ricaverebbero ventiquattro milioni di chiodi da sessanta millimetri, regolarmente dotati di punta e capocchia. Tutto questo naturalmente a nostre spese, a titolo di compensazione e chiusura della vertenza. Mi accorsi che Lucian faceva sforzi terribili per mantenersi serio.

Jenica aveva preso alcuni appunti sul suo blocco di carta e tradusse la mia ultima frase. L'avvocato Ghiţescu impallidì e rimase in silenzio per almeno due minuti. Io mi mossi a disagio sulla sedia, non riuscivo a capire perché Lucian non concludesse con un "bene d'accordo, grazie caro collega, arrivederci" e se ne stesse invece zitto e accigliato. Poi finalmente si decise a parlare. In italiano. E disse:

—Marcello, ci ha fregati. Adesso ti dico come ha tradotto la tua ultima frase.

Io sbalordito guardavo lui e Jenica senza capire.

—Ecco la traduzione della tua interprete: "Una cosa molto semplice: questi chiodi sbagliati misurano centoventi millimetri, e siccome hanno due capocchie, ve li potete mettere tutti dove sapete. Non avendo la punta non vi faranno molto male. Questo a titolo di compensazione e di chiusura della vertenza."

Mi alzai paonazzo in viso. Lucian ormai rideva senza ritegno.

—Ah, ah come ci ha fregati bene! Brava, bravissima, non ci è cascata, l'ho sempre detto che le donne rumene sono troppo intelligenti!

Jenica si era a sua volta alzata, riponendo il suo blocco nella cartelletta di pelle che aveva con sé, e prendendo la borsetta.

—Se avete bisogno di altre traduzioni non esitate a chiamarmi signori avvocati, disse con un bel sorriso. E se ne andò.

Il mio mese a Bucarest terminò senza che riuscissi più a vederla né a parlarle.»

Nono capitolo

La bella compagnia si ritrovò dunque tutta riunita in Toscana, regione del Chianti, nel favoloso castello. Il quale castello era costituito, architettonicamente, da due parti distinte: la prima, rivolta a nord, di impronta alto-medievale, chiaramente una fortezza, una severa struttura militare difensiva, con torri e merlature. Su questo ceppo si era poi impiantato, in epoca rinascimentale, una vasto sviluppo residenziale, molto elegante. Amaranta aveva conservato praticamente immutati gli antichi interni, eccezion fatta per l'impianto di aria condizionata e per i bagni, di concezione ultramoderna, uno per ognuna delle innumerevoli camere da letto. Virgiliana ci presentò Olef, suo cugino, un robusto marinaio norvegese, skipper lo definì lei, che cominciò subito a fare lo spiritoso con Zenaide. Per la verità anche Marcello non sembrava del tutto immune alle grazie della bella brasiliana, e le zampettava intorno con alquanta impudenza; lei però se ne stava prudentemente sulle sue e non sembrava volere in alcun modo incoraggiare eventuali corteggiatori. Rave Santi stava confabulando con Arturo e la cosa, come al solito, non mancò di innervosirmi.

Amaranta mise a disposizione dei famigli premurosi che ci aiutarono a sistemarci, con i bagagli, nelle abitazioni assegnate. Prima di pranzo — era stata imbandita all'aperto, sotto una quercia secolare, una grande tavolata — ci propose di fare un giro per la tenuta, a bordo di due fuoristrada guidati da suoi autisti.

La proprietà si divideva in due parti distinte: il castello con i giardini, i frutteti, i boschi e la campagna circostanti, di pertinenza per così dire privata. E tutt'intorno per non so quante centinaia di ettari la parte agricola vera e propria, punteggiata da alcune cascine e infine la parte collinosa boschiva, che era stata la riserva di caccia privata del duca.

«Il suo compianto marito dev'essere stato un grande cacciatore», commentò in modo deferente l'avvocato Mainardi.

«Oh sì,», rispose Amaranta con un tono di voce in cui mi parve di cogliere un'ombra di asprezza critica, «*al decir verdad, era un gran cazador*, era stato addestrato fin da piccolo dal nonno, un altro *gran cazador*, a sparare con grande precisione su qualunque cosa si muovesse, preferibilmente di aspetto non umano: dalle allodole ai rinoceronti.»

«Deve avere dato grandi soddisfazioni, al nonno» s'intromise Zenaide.

«Già, proprio così mia cara» fu l'asciutto commento della duchessa.

Eravamo tutti affamati quando, verso le due del pomeriggio, prendemmo posto a tavola. Giornata calda, ma non afosa. All'ombra della quercia, la temperatura era assolutamente ideale. A un cenno della padrona di casa, fu dato inizio alla presentazione delle portate, che per qualità e quantità mi fecero pensare ad un principesco pranzo rinascimentale.

Il fatto è che io non sono un gourmet, le delizie della cucina mi lasciano alquanto indifferente. In verità mangio poco e dedico poca attenzione a quel che mangio.

Ancor meno mi interessa il bere: a volte d'estate bevo una birra, raramente durante l'anno un mezzo bicchier di vino. Cosicché potete immaginare il mio sconcerto di fronte all'andamento di quel banchetto che andava vieppiù assumendo l'aspetto di una slavina di cibarie, un'inondazione di vini. Fummo sommersi da taglieri di salumi di ogni specie, seguiti da crostini di pane con sopra uno strato di condimento, mi dissero preparato da fegatini di pernice, e una minestra di cavolo nero, detta ribollita, e poi tortelli di patate seguiti da pane abbrustolito che andava condito con il sugo alla contadina, pecora in umido e anatra in porchetta. A questo punto fu servito un sorbetto al limone e sperai che fosse finita, ma era solo una tregua illusoria. Seguì un piatto di carne che Amaranta, alla quale non pareva vero di sfoggiare la sua debordante cultura culinaria, mi disse esser lo stiracchio, e questa portata diede la stura ai piatti a base di selvaggina: cinghiale ai funghi porcini e stracci sul papero poi, per finire, precisò la duchessa, un piatto per riposare il palato, la lingua di vitella in dolce e forte. Correva a fiumi il Brunello di Montalcino e io a un certo punto fui certo che non avrei visto l'alba del giorno dopo.

Di tutto questo delirio gastronomico conservo un ricordo confuso, ma qualcosa mi colpì in particolare: a un certo punto fu portato in tavola un cappone bollito, farcito di un ricco ripieno e l'accompagnava una salsa che non avevo mai assaggiato in vita mia. Non che la cosa debba stupire, vista la mia poca competenza sull'argomento, ma insomma di pranzi, anche importanti, ne avevo in fin dei conti fatti molti in vita mia, e l'assaggiare un cibo totalmente sconosciuto mi sorprese alquanto. Ne chiesi conto ad Amaranta.

«Ah, complimenti! Per essere un totale sprovveduto gastronomico, sei stato bravo ad accorgerti di trovarti di fronte ad un piatto raro. Chiamatemi mastro Robusti» ordinò rivolgendosi al capo dei camerieri che stazionava perennemente di fianco alla duchessa, «e ditegli che mi servono informazioni sulla salsa da cappone.»

Mastro Robusti risultò essere il capo-cuoco e gli fu richiesto di spiegarmi l'origine di quella salsa misteriosa. L'uomo, ovviamente onorato dell'incarico, non si fece pregare.

«Si tratta di una ricetta del '500, che dobbiamo a Cristoforo Messi detto Sbugo, conosciuto poi come il Messisbugo. Scalco e amministratore ducale alla corte degli Estensi di Ferrara. Così famoso nell'arte sua che Carlo V lo nominò Conte Palatino il 10 gennaio 1533.»

Era evidente che sul suo illustre predecessore, mastro Robusti era una vera enciclopedia vivente.

«Per quanto riguarda la salsa, posso dire che il Messisbugo la chiamava sapore francese sopra capponi o lonza arrosto e ne indicava così la preparazione» continuò estraendo di tasca un foglietto di cui diede lettura.

«Piglia pome dolci sei, cotte sulla bragia, e cipolle quattro arrostite nella giotta, poi pesta le dette pome e cipolle nel mortaio; e piglia vino nero e un poco d'aceto, e distempera le dette cose, e passale per lo setazzo, e ponile in una cazza stagnata con: di miele o zuccaro, once otto, e un sesto di pevere, e un sesto di gengevro, e mezza oncia di cannella, e un poco di noce moscata pesta. Poi ponilo nel fuoco a bogliere, sempre mescolando sino che serà spesso. E poi gli metterai un limone tagliato in fette seco.»

«Grazie mastro Robusti, siete stato come al solito perfetto in tutto» lo congedò amabilmente la duchessa.

Io ingollai un pezzo di cappone con il sapore francese e sperai di sopravvivere. Alle sei del pomeriggio lo spuntino ebbe termine. La compagnia sembrava ora alquanto appesantita dal cibo e dal vino e decidemmo di fare tutti una passeggiata a piedi per smaltire le intemperanze alimentari del pomeriggio. Io mi trovai a camminare di fianco a Zenaide. Ero un po' inebetito, a dire il vero, la testa non mi funzionava molto lucidamente e non riuscivo a impostare un argomento di conversazione degno di questo nome. Buttai lì:

«Cara ragazza, per essere sincero me ne andrei a dormire, faccio fatica a reggermi in piedi, ma penso che mi farebbe male.»

«Certo che ti farebbe male, professore, *deambulare post prandium*, dicevano i nostri antichi.»

«Si hai ragione, sei una donna saggia.»

«Poi questa sera digiuno completo, solo un bella camomilla calda e dopo una doccia con idromassaggio rilassante, a dormire. Domattina starai benissimo!» proclamò allegramente.

«Non parlarmi di docce, ti prego! Questa mattina, appena arrivati, avrei voluto farne una, per l'appunto, ma non ci sono riuscito.»

«Com'è possibile?»

«Non hai visto i bagni? Al posto della vasca da bagno e della doccia, c'è una specie di cabina spaziale dove solo con un addestramento presso la NASA un individuo normale potrebbe capirci qualcosa tra decine di leve, pulsanti, manometri, termostati, getti d'acqua, vapore e spruzzi. Per lavarmi ho usato il lavandino.»

«Ma dai! Voi professori, come vi piace fare gli antiquati! Sono sicura che sei molto più tecnologico di come mi vuoi far credere» mi canzonò ridendo.

Ero in camera mia e stavo buttando giù qualche appunto per un lavoro che intendevo intraprendere, un testo specialistico nel quale mi prefiggevo di esporre una nuova interpretazione sullo sviluppo storico delle lingue ergative-assolutive, in confronto alle lingue nominative-accusative. Non voglio tediare con tecnicismi superflui, dirò solo che queste sono, in linguistica, questioni assai complesse e ponderose.

Udii battere delicatamente alla porta.

Stupito andai ad aprire, per ritrovarmi di fronte a Zenaide che indossava un grazioso pigiamino rosa.

«Mi manda la NASA per un corso rapido sulle docce moderne» m'informò con fare serioso.

«Ma guarda, mi hai preso in parola» mormorai mentre mi domandavo cosa avesse in mente l'intraprendente fanciulla.

Lo intesi subito dopo.

«Dunque, professore, la prima regola è spogliarsi prima di entrare nella doccia» e così dicendo mi liberò abilmente del pigiama di sopra e poi di sotto, e mentre io imbarazzato e imbambolato non sapevo veramente quale fosse il corretto comportamento di un linguista glottologo in tali circostanze, si sbarazzò del suo pigiamino rosa e, nuda come Eva nell'Eden, mi spinse nella cabina spaziale.

Oh, turbamento dei sensi! L'esperta in docce si chinò per regolare certi eiettori, disse lei, e poi si rialzò per manovrare leve e rubinetti, e mentre eseguiva questi preliminari ebbi modo di osservare il suo corpo ben tornito e flessuoso, dalle invitanti rotondità, insenature e sporgenze, che si torceva e si piegava di qua e di là. A quella vista mi si risvegliarono istinti primordiali che mi provocarono una drammatica erezione. Mentre sibilanti getti di vapore cominciarono ad annebbiarmi la vista, peraltro già annebbiata di suo, Zenaide non smetteva di parlare:

«Ecco professore, molto bene, perbacco, sa che ha ancora un bel fisico, complimenti, fa ginnastica naturalmente, devo ammettere, hai un bel lato B sodo e rialzato, vediamo ora il lato A, però, però, niente male davvero…»

Stordito dal profluvio di chiacchiere e di vapore, e per di più ingrifatissimo — non so perché mi sovvenni in quel momento di quello strano neologismo giovanile — fui indotto dall'anguiforme femmina a commettere una serie di fantasiose ed elucubrate fornicazioni che ora, a mente fredda, trovo assolutamente sconvenienti per un linguista glottologo.

Però, in fede mia, che deliziosa sconvenienza!

La domenica, questa volta nell'immensa sala da pranzo adorna di antiche armi e armature, e di innumerevoli trofei venatori, la cui classificazione avrebbe messo in difficoltà anche un provetto naturalista, ci fu servito un sobrio pranzo a base di pesce bollito, con contorno di maionese fresca e patate cotte al vapore. Dopo la crapula del giorno precedente, non potei che lodare la scelta gastronomica moderata di Amaranta.

Alla fine, dopo il caffè, la compagnia si sparpagliò: Rave Santi, con l'inseparabile Arturo, volle andare a visitare certe rovine etrusche che si trovavano nei pressi. Amaranta Cenobia si ritirò nei suoi appartamenti, e lo stesse fece Virgiliana, accompagnata dal cugino.

Io, Marcello e Zenaide, ci ritrovammo a fare una piccola siesta, sotto la quercia.

«Sa avvocato, che…»

«Zenaide, la prego, mi chiami Marcello!»

«Ah, sì, grazie Marcello… volevo dirle che la sua storia di ieri su quella ragazza, Jenica, mi ha molto interessata, ebbene sì, lo confesso, sarei terribilmente curiosa di sapere se c'è stato un seguito, uno sviluppo…»

«Un seguito? Sì, c'è stato un seguito. Flicaberto, senti, forse questo momento di pace agreste potrebbe essere adatto a proseguire le mie confessioni, sempre che tu non preferisca invece fare un sonnellino.»

«No, no, non sono abituato al sonno pomeridiano: io ti ascolto volentieri, come mi sembra fuor di dubbio che voglia fare anche la nostra bella amica.»

«In questo caso, ecco cosa accadde: tornai a Milano molto abbattuto, pervaso da un forte senso di frustrazione, irritato con me stesso. Avevo finalmente trovato, dopo lungo cercare, una donna che corrispondeva al mio ideale femminile, e non solo dal punto di vista fisico, ma anche mentale: indipendente, ironica, dura in superficie, ma che lasciava intravvedere sotto la scorza esterna, una dolce e morbida polpa di frutto sapido e maturo. E io questa donna non ero riuscito a legarla a me in nessun modo, né sulla breve, né sulla lunga distanza. Mi aveva detto di no fin dal primo momento, aveva mantenuto il no in seguito, quando insistevo per averla mia ospite in Italia, e infine mi aveva ridicolizzato, ritorcendomi contro il romantico espediente di dimostrarle il mio desiderio di aiutarla, ex-ante, senza contropartita alcuna. Però aveva accettato di uscire con me al ristorante e si era rivelata una compagna simpatica e intrigante. Poi c'era stato quell'episodio al supermercato… non aiuterà tutti gli stranieri di Bucarest a far la spesa, mi dicevo cercando disperatamente appigli autoconsolatori, ma con me l'ha fatto, in qualche modo devo averla colpita, interessata. E dunque, che fare? Ero lacerato tra il desiderio di alzare il telefono e chiamarla, chiedendo perdono, cercando di riallacciare un sia pur esile filo, e la paura di prendermi una rispostaccia cattiva, insultante.»

«Gli uomini spesso hanno paura di compiere proprio quelle azioni, che le donne desiderano di più!»

«Un pensiero complesso e profondo, cara Zenaide. Comunque dopo quindici giorni di angosce e ripensamenti telefonai:

—Jenica, sono io, Marcello…

—Avvocato Mainardi, che piacere! Ha finito di fare la punta ai suoi chiodi?

Avvampai. Però lei stava ridendo, una donna che ride non è mai veramente inferocita; capivo, voleva punirmi, ma forse non tutto era perduto. Sulla tastiera dello strumento musicale col quale cerco di incantare le sirene, quelle riluttanti a perdere tempo per incantare me, inserii una chiave di basso drammatico:

—Gli unici chiodi che mi riguardano sono quelli che mi tengono inchiodato alla croce del tuo ricordo.

—Accidenti Marcello se tu fossi nato nel medioevo saresti stato un *troubador* famoso! Che frase ad effetto! Non ti viene da ridere quando le spari così grosse?

—No, mi viene da piangere, risposi disarmato, con voce triste.

Dall'altra parte seguì un periodo di silenzio, che mi parve lunghissimo. Non volevo più dire niente. Se lei avesse riattaccato, pazienza. C'è un limite anche alla volontà di fare la figura del fesso a tutti i costi.

—Va bene Marcello. Credo di avere sbagliato a considerare uno stupido scherzo quella tua sceneggiata con l'avvocato Ghiţescu e ad arrabbiarmi. Mi rendo conto che tu in quel momento eri abbastanza disperato da organizzare quello spettacolino. Però tu sei un uomo intelligente. Quindi se per causa mia ti metti a fare cose stupide, un senso deve pur esserci. Me lo spieghi?

—Mi sono innamorato di te.

—Parliamone — mi rispose, dopo un lungo silenzio.»

«Meu Deus, che stress», sospirò Zenaide, «perché tra uomini e donne deve essere sempre tutto così difficile?»

«Credo che dipenda dal fatto che all'inizio la natura ha predisposto trappole astute per attirarci l'uno nelle braccia dell'altra, ma poi bisogna fare i conti con il fattore X» intervenni io autorevolmente.

«Cos'è il fattore X?»

«La difficoltà di vivere.»

«Hai ragione» disse Marcello, «questo è il vero punto. La vita di coppia è difficile. Io però ero certo delle mie scelte e non mi tirai indietro. Jenica mi aveva detto che un certo giorno sarebbe arrivata a Milano e io l'aspettavo. L'aereo era in ritardo e camminavo nervosamente lungo il salone dei negozi di Malpensa. Avevo comprato un bouquet variopinto dal fiorista dell'aeroporto, e per non andare in giro impacciato dal mazzo di fiori, l'avevo lasciato in deposito dal venditore, riservandomi di riprenderlo appena fosse stata imminente l'uscita dei passeggeri del volo da Bucarest. Confesso: ero emozionato. Mi trovavo in un puro stato di regressione a liceale innamorato, con battito cardiaco accelerato, il che non era invece assolutamente consigliabile alla mia età. Cercavo di delineare strategie, di ipotizzare comportamenti adeguati, di prevedere le tagliole in cui avrei potuto incappare, rovinando tutto.

Primo tema: dove avrebbe alloggiato Jenica. Su questo punto mi era sembrato opportuno adottare una linea flessibile e possibilista: avevo prenotato una camera a suo nome in un ottimo albergo, non troppo costoso, dalle parti di piazza Fontana, dietro al Duomo. D'altra parte disponevo, nel mio appartamento, di una bella camera per gli ospiti, con bagno, che sarebbe stata sua, se lo avesse voluto. Massima trasparenza, mi ero detto. Non dare assolutamente l'impressione di tendere agguati. Jenica non era certo il tipo di ragazza alla quale sarebbero sfuggite manovre avvolgenti e appiccicose.

Poi: come intrattenerla. Lei era stata già molte volte in Italia, da nord a sud, come interprete di delegazioni rumene. Potevo facilmente immaginare molti miei connazionali dall'occhio infocato che si erano precipitati a invitare la bella straniera a Portofino, a Venezia, a Taormina, nei migliori club, nei ristoranti più esclusivi, nelle boutiques dai prezzi inavvicinabili, e negli alberghi con più stelle del firmamento.

Non ero, in quel momento, in condizione di competere.

Buttiamoci sulla cultura, mi dissi. Costa meno. Brevi viaggi in auto verso nascosti luoghi dello spirito, di cui è ricca la nostra bella patria, fascinose e rustiche trattorie di campagna, alberghetti di charme semplici ma puliti. Per tutto il resto navigazione a vista.»

Marcello interruppe la narrazione, per bere un po' d'acqua. Poi riprese:

«Le porte scorrevoli si aprirono e dopo un gruppetto di indiani col turbante, vidi lei dirigersi sorridente verso di me, più bella di quanto me la ricordassi, col suo corpo sinuoso e le lunghe gambe che attiravano su di lei l'attenzione anche quando era vestita con un semplice abito da viaggio.

Le offrii i fiori, lei mi ringraziò abbracciandomi.

Ero certo di essere in quel momento un uomo assai invidiato, nel grande aeroporto. In macchina, lungo l'autostrada per Milano, nessuno di noi sollevò l'argomento delle vicende di Bucarest, ma lei mi raccontò alcune novità della sua vita. La più importante era che si era rifatto vivo il padre di suo figlio, in una circostanza alquanto singolare. Lei avrebbe voluto, in occasione di un prossimo viaggio, portare con sé in Italia Lorian, suo figlio. Così si era rivolta al Ministero dell'Interno per farlo iscrivere sul suo passaporto. Mi spiegò che lei e il padre del bambino, un certo Pompiliu Culianu, non si erano mai sposati, ma l'uomo aveva riconosciuto legalmente il figlio; quindi per avere il permesso di espatrio del minore occorreva il consenso del padre. Costui, rintracciato, aveva negato il consenso, il che aveva reso assolutamente furiosa Jenica.

—Ti rendi conto, cosa combina questo disgraziato? Non mi dà un soldo per il figlio, non se ne cura, però mi ricatta, bloccandomi la possibilità di portarlo con me fuori dalla Romania. Inaudito!

—Perché dici ricatta?

—Perché sono sicura che alla fine vorrà dei soldi, per concedermi il nulla-osta all'espatrio di Lorian, lo conosco quel bastardo!

—Bene, ci penseremo quando verrà il momento. Troveremo una soluzione, dissi incoraggiante.

Era arrivato il momento di affrontare la prima questione.

—Senti Jenica, dobbiamo decidere dove alloggerai a Milano.

Io ti ho prenotato un hotel, non lontano da casa mia. Ma ti posso anche offrire una camera con un bel bagno nel mio appartamento. Camera e bagno hanno porte chiudibili a chiave.

—Avrò bisogno di usare le chiavi?

—No.

—Allora verrò a casa tua.

Allora non lo sapevo, ma con quel primo passo che svelava la mia vita privata milanese a Jenica, io avevo cominciato il mio *descensus ad inferos*. Sì perché, vedete, io ero allora come un nobile decaduto ma, come dire, còlto all'inizio del decadimento: c'erano ancora castella e cavalli, ma cominciava a mancare il denaro per comprargli il fieno, ai cavalli. Dunque avevo ancora il mio magnifico appartamento in centro città, così come il mio vasto e prestigiosissimo studio legale, un guardaroba finissimo e un paio d'automobili di gran marca. Ma scarseggiava il contante. Come mai, vi chiederete. Il fatto è che il divorzio mi era costato e continuava a costarmi una fortuna. Quando si lascia una moglie con due figli piccoli, si sa, gli avvocati della controparte hanno la mano pesante, né io per la verità avevo opposto gran resistenza alle richieste. Mi sentivo in colpa. Ma del mio matrimonio parlerò, forse, più avanti. Poi il lavoro era diminuito, o a ben guardare non era tanto questo il problema, quanto il fatto che le parcelle non venivano pagate puntualmente. Anzi spesso non venivano pagate affatto oppure con uno stillicidio di piccoli acconti. Insomma i miei clienti in crisi, avevano trascinato anche il mio studio nella loro crisi, e uno studio legale come il mio aveva costi fissi e incomprimibili molto alti. D'altra parte non è facile cambiare uno stile di vita basato su una tranquilla e abbondante disponibilità di denaro. Per me non era facile affatto. Avevo abitudini costose, in fatto di viaggi, divertimenti, vacanze, abbigliamento, sport, passatempi, cure personali e via dicendo. Ma lentamente, inesorabilmente, le disponibilità di riserva si erano di molto assottigliate e i proventi erano sempre più ridotti: la morsa si andava stringendo ed era chiaro che non potendo intervenire sul lato entrate, dovevo per forza intervenire sul lato uscite. Austerità. Maledizione, proprio adesso che avevo trovato Jenica!»

«Che sfortuna! È così difficile trovare il vero amore» mormorò Zenaide, mentre le lacrime inumidivano i suoi occhi sognanti. Occhi decisamente viola, niente lenti a contatto, come avevo potuto appurare dopo l'episodio della doccia.

«Però» tenni a puntualizzare io, «esiste, almeno in letteratura, anche l'amore povero, tipo il tuo cuore e una capanna, ne avrete sentito parlare, no?»

«Ma proprio qui sta il dramma, Flicaberto» ritorse con un tocco di disperazione nella voce il narratore «in questo caso le circostanze esigevano disponibilità liquide, mezzi propri, denaro fresco, come dicono i curatori fallimentari. Tutte cose indisponibili nel mio orizzonte temporale a medio termine. Ma torniamo a quel giorno: arrivammo a casa, parcheggiai nel box sotterraneo e con l'ascensore diretto salimmo al mio appartamento, all'ottavo piano, un attico con grande terrazza, con vista sulle guglie della cattedrale. La mia amica ebbe parole di ammirazione per tanta magnificenza. Le mostrai la zona ospiti, le feci vedere dov'erano gli asciugamani e gli accappatoi e le dissi di prendersi il suo tempo, rilassarsi e, se ne aveva voglia, prepararsi per un'uscita serale. Potevamo andare per un aperitivo verso le diciannove e poi un buon ristorante. Avevamo tante cose da dirci.

—Jenica, io adesso faccio un salto in ufficio, è qui vicino, a due passi, in questa stessa via. Ti ho scritto l'indirizzo e il numero di telefono. Quando vuoi mi chiami e ti vengo a prendere. Se ti va ti porterò a vedere lo studio.

—Grazie, sei molto gentile, disse quasi con timidezza.

—Penso di poterti chiamare tra un paio d'ore, soggiunse.

—Quando vuoi. Aspetto la tua chiamata.

Le sfiorai con una mano i capelli, per salutarla. Gina, la mia ottima donna di casa, era già entrata nella stanza di Jenica, per aiutarla a disfare i bagagli.

Quando, più tardi, lei mi chiamò, eseguii il programma stabilito e quando rientrammo, era già la una passata, scambiammo un lieve bacio della buonanotte e ognuno di noi andò nella propria camera da letto. Mi ero imposto una ferrea autodisciplina. Non avrei assolutamente potuto subire l'onta di un rifiuto, con l'accusa di essere un avvoltoio in agguato. La mia disponibilità era chiara. Aspettavo segnali. Il giorno dopo, era di venerdì, le proposi di andare per un paio di giorni in Toscana. Lucca e Volterra, come mete culturali, e la notte in qualche romantico agriturismo. Lei accettò entusiasta. Il viaggio in Toscana costituì il punto di svolta della nostra relazione. Dopo quel viaggio lei si mosse spesso avanti e indietro dalla Romania, altri fine settimana culturali si susseguirono in Liguria, in Sardegna, a Roma, ma insomma fu quel primo evento a segnare per sempre la nostra vicenda. Possiedo una discreta cultura artistica, riferita alle città d'arte italiane e ne feci ampio sfoggio. Volterra, l'antica Velathri etrusca, la incantò col suo fascino medievale e con le sue stratificazioni culturali, dal teatro romano all'epoca rinascimentale. La condussi alla Pinacoteca e Museo Civico ad ammirare la Deposizione dalla Croce di Rosso Fiorentino e le feci intendere la drammaticità e la rottura dalla tradizione di quella pittura così espressiva, dai colori sanguigni e dall'impalcatura teatrale. A Lucca una tiepida e soleggiata giornata autunnale ci indusse ad una lunga passeggiata sulle magnifiche mura cittadine, seguita dalla visita al commovente monumento funebre alla bella Ilaria del Carretto, morta di parto in giovane età, commissionato dal marito addoloratissimo al grande Jacopo della Quercia. E ancora tante reminiscenze mi aiutarono a parlare di antiche vicende: Jenica mi ascoltava, rapita da questa immersione nel lontano passato, e io mi inebriavo della sua vicinanza e del suo interesse.

—Sai, Lucca era la tappa numero ventisei, lungo la Via Francigena, dell'itinerario di Sigerico, arcivescovo di Canterbury prima dell'anno mille. Lucca era un luogo importante del viaggio devozionale lungo la Francigena, perché ospita nella cattedrale di San Martino il Volto Santo, un crocefisso ligneo achiropita…

—Fermati, non so cosa vuol dire…

—Non preoccuparti, non lo sapevo neppure io fino a ieri.

Mi ha soccorso la guida del Touring Club. Achiropita significa un'immagine sacra non creata dalla mano dell'uomo, quindi creata dalla divinità stessa. Il medioevo è stata epoca di grande fantasia, occorre ammetterlo, altro che secoli bui. Anche il Rinascimento ha lasciato, qui a Lucca, una tradizione di leggende affascinanti...

—Raccontamene una.

—Ti racconterò la storia di Lucida Mansi. Come personaggio storico è alquanto evanescente, sembra che fosse una fanciulla di grande bellezza, della famiglia Seminati, che andò sposa giovanissima con un tal Vincenzo Diversi, assassinato poco dopo per una banale lite. La vedova si risposò poco dopo con un anziano e ricchissimo signore, della famiglia dei Mansi, noti in tutta Europa come grandi commercianti delle famose sete di Lucca. Ma anche costui morì poco dopo. E qui comincia a fiorire la leggenda sulla giovane, bella e ricchissima vedova, alla quale si vollero attribuire passioni amorose sfrenate, condotte nel più totale libertinaggio sessuale. Sì arrivò a dire che molti dei suoi innumerevoli amanti venissero fatti precipitare, dopo gli amplessi, attraverso una botola, in un sotterraneo dove trovavano la morte su lame acuminate. La leggenda narra che fosse talmente ossessionata dalla conservazione della sua bellezza da far porre specchi dappertutto nella sua villa, per controllare in ogni momento la perfezione del proprio corpo. Alla scoperta della prima ruga perse quasi il senno, ma poco dopo ebbe la visita di un giovane di aspetto molto attraente, che le propose un patto: ancora trent'anni di fiorente giovinezza in cambio della sua anima. Era il Diavolo in persona. Lei accettò, ma allo scadere del tempo, passati i trent'anni, terrorizzata cercò di eludere il patto, di ingannare Satana, correndo alla Torre delle Ore, per fermare l'orologio che stava per battere la mezzanotte. Ma non vi riuscì: Lucifero stesso, sempre sotto le spoglie del giovane che le si era presentato trent'anni prima, la venne a prendere e, dopo averla rinchiusa nel suo cocchio infuocato, si precipitò con lei negli inferi.»

—Mamma mia, che storia!

—Cosa ne pensi?

—Credo che in tutte le leggende si nasconda qualche verità, mi rispose lei seria.

—Non dirmi che credi al diavolo.

—Sì.

—E chi sarebbe?

—Il tempo. Non vedi? Anche nella leggenda il tempo è il diavolo e il diavolo è il tempo. Che ci ruba l'anima, cioè la giovinezza, la bellezza, la salute.

Jenica mi sorprese allora con questa riflessione e mi avrebbe sorpreso ancora spesso in seguito. Non era una donna cha parlasse molto, ma sapeva cogliere nelle sue riflessioni degli aspetti nascosti che mi affascinavano.

Quando giungemmo all'agriturismo dove avremmo passato la nostra prima notte fuori casa, e io già mi arrovellavo per risolvere il problema della sistemazione, pronto ad affittare due camere separate, fu Jenica ad affrontare per prima l'argomento, come al solito in modo piano e diretto.

—Possiamo dormire insieme, questa notte.

—Mi stai facendo assolutamente felice. Cosa ho fatto per meritare questo regalo?

—Mi piaci. Mi ero fatta un'idea sbagliata, su di te. Invece sei diverso dagli altri uomini.

—Cosa vuoi dire?

—Sai aspettare. È una cosa che apprezzo molto. Non sopporto chi mi vuole prendere e mangiare, come una mela dall'albero.

—Tu sei la mia mela: se ti senti matura ti prenderò. E ti mangerò.

Io le avevo mostrato la terra di Toscana, che profuma di mare, di olio e di vino. Lei, quella notte, mi mostrò il suo corpo, una terra dolcissima dove scorreva il latte e il miele. Quelli, nel mio ricordo, furono mesi felici. Ogni arrivo di Jenica a Milano era una festa, un'ondata di pura gioia mi avvolgeva e mi faceva dimenticare tutti i problemi più assillanti. Ma non poteva continuare così, io lo sapevo, e difatti non continuò. Jenica aveva problemi. Io avevo problemi. La soluzione evidente era che io avrei dovuto intervenire con mezzi adeguati per risolvere facilmente tutti i problemi di lei. Ma i miei mezzi finanziari adeguati semplicemente non c'erano. Jenica aveva di me l'immagine di un ricco gentiluomo e delicatamente mi fece presenti le sue difficoltà, aspettandosi che io, con un minimo sforzo, le eliminassi per sempre dalla sua vita. Però io non ero in grado di farlo. Ma stupidamente, lo ammetto, tutte le volte che lei mi faceva una richiesta, io promettevo.

Lei avrebbe voluto vivere in Italia, ma per il momento non a casa mia. Per quello c'era tempo, non si dovevano prendere decisioni affrettate. Ora desiderava un mini-appartamento a Milano, dove trasferirsi col figlio. Un'automobile. Un lavoro. Un'assicurazione sulla vita a favore del figlio. Un avvocato a Bucarest, e relativo adeguato fondo spese, per potere ottenere dal tribunale l'affidamento esclusivo del piccolo Lorian. Naturalmente occorreva, soprattutto nei primi tempi, che provvedessi al mantenimento suo e di Lorian. Io mi dichiaravo d'accordo su tutto e a volte, con perfetto gusto masochista, quello che non mi chiedeva, glielo proponevo io. Il tempo passava e la lista della spesa si allungava. Ma sempre lista della spesa rimaneva. Alle parole non seguivano fatti. Semplicemente non potevo mantenere nulla di quanto andavo promettendo. Quando lei si accorse di stare costruendo castelli di sabbia, si incupì e il nostro rapporto s'incagliò.

—Perché sei sempre così nervosa, ultimamente?»

—Me lo chiedi? Non ti accorgi che il tempo passa e non succede niente? Io continuo ad andare e venire da Bucarest. Mio figlio è sempre là e non posso portarlo con me. Delle cose che mi hai promesso non ho visto nulla. La mia vita sta girando a vuoto.

—Ti ho detto che è un momento difficile.

—È sempre un momento difficile. Un momento che non finisce mai.

—Cerco di fare per te tutto quello che posso.

—Cioè niente o quasi. Vedi Marcello, quando ti ho conosciuto, naturalmente ho pensato che eri un uomo ricco, ma non mi sono buttata a letto con te dopo cinque minuti per cercare, in cambio, di spennarti e prendermi tutto quello che potevo. Il mio non era, non è mai stato, un programma *oil for food*, se capisci quel che voglio dire. Ho voluto conoscerti, ho voluto provare i miei sentimenti, poi è successo che sei riuscito a conquistarmi. Mi sono innamorata di te, ecco! Ma tutto questo non altera il quadro di fondo: sono una donna con problemi seri, dalla vita difficile, e ho bisogno vicino a me un uomo concreto, che mi aiuti. Tu non sei quell'uomo e io non posso permettermi solo un amore romantico e disinteressato.

—Quando mi parli così mi fai disperare.

—Io sono sempre disperata. Da troppi anni. In qualche modo devo trovare un modo per uscirne.

—Abbi pazienza, le cose cambieranno.

Ma lei non ebbe pazienza e se ne andò, questa volta per non tornare. Io le mandavo messaggi e le telefonavo, ma non riuscivo ad ottenere risposta alcuna. Un silenzio agghiacciante. Scrissi lettere, alle quali non seguì alcuna risposta.»

«Ma non può finire così!» proruppe Zenaide disperata.

«Non era proprio la fine, ma c'eravamo molto vicini. Si stava avvicinando il Natale del 2007. La prospettiva di finire l'anno in quelle condizioni mi terrorizzava. Tentai un azzardo: presi un aereo per Bucarest e mi presentai a casa sua. Campanello. La porta si apre piano piano. Dietro c'è un bambino che sembra un angioletto biondo.

Dice: *mama nu este acasă*.

Benedico in cuor mio il fatto che il rumeno è una lingua neo-latina e gli faccio cenno di attendere. Scrivo su un biglietto da visita il nome dell'albergo che avevo prenotato in città e lo porgo al bimbo:

—Dai questo a mama, per favore.

Lui sorride, prende il biglietto, mi fa segno di sì con la testa e chiude la porta.

Ero nella mia camera d'hotel. Non ero né ansioso né tranquillo. Mi aveva preso una specie di sonnolenza nirvanica, nella quale ombre del passato della mia vita apparivano e scomparivano fugacemente. I miei figli che giocavano col gattino che avevo regalato loro a Natale, molti anni prima. Stefano e Martina adesso erano grandi: mi detestavano cordialmente, la mamma doveva averli sottoposti a vigorosi lavaggi del cervello. O forse no, forse mi meritavo di essere detestato. Dovevo rifletterci su. La mia ex-moglie, gran bella donna, mi aveva acceso i neuroni satirici tutti insieme, quando l'avevo conosciuta la prima volta. Era stato un matrimonio d'amore, ma col tempo si era deteriorato, ho sempre pensato per eccesso di gelosia da parte sua, però… però… lo stato nirvanico di quel tardo pomeriggio rumeno, indotto dall'attesa praticamente senza speranza che Jenica si facesse viva, mi induceva stranamente a riconsiderare quelle che fino a quel momento mi erano sembrate certezze, volgendole in dubbi. Forse non era eccesso di gelosia, forse era vero che io in presenza di belle donne emettevo vibrazioni extrasensoriali, bramiti a frequenze fuori dallo spettro audio umano, che tuttavia mia moglie percepiva benissimo. Forse.

Suonò il telefono. Era Jenica.

—Cosa vuoi? mi chiese senza preamboli.

—Tu cosa pensi che voglia?

—Se sei venuto a farti una scopatina, scordatelo.

Tono di voce durissimo, tagliente.

—Sono venuto a dirti che ti amo. Adesso te l'ho detto, e posso prendere il prossimo volo per Milano.

Silenzio.

—Non fare il melodrammatico. Ti odio quando fai così.

—Non ci credo.

—Va bene vediamoci. Ma non farti illusioni: niente sesso.

—*Qui bene amat, bene castigat.*

—Che sarebbe?

—Chi molto ama, molto punisce.

—Non ti amo, sbruffone!

Mi fermai a Bucarest due giorni. Jenica era gentile con me, ma i miei approcci per fare cadere le barriere anti-sesso furono vani. Disse che potevamo essere buoni amici, ma lei aveva bisogno di essere libera, per risolvere i suoi problemi. Ma i miei, di problemi, chi me li risolveva?»

Il sole aveva appena cominciato la sua lenta discesa verso l'orizzonte e la giornata, ancora luminosa, dava impercettibili segni della prossima fine, con sottili vibrazioni di viola e d'arancio nel cielo azzurro. Rave Santi ed Arturo erano ritornati dalla loro escursione archeologica e avevano seguito l'ultima parte dell'esposizione di Marcello.

Noi eravamo rimasti in silenzio, immersi nei nostri pensieri, che erano poi stranamente gli stessi: cosa si poteva fare per riannodare il filo d'amore spezzato tra Jenica e Marcello. Zenaide parlò per prima:

«Marcello, non devi perdere la speranza. Da donna ti dico che l'amore infine sfugge a ogni catena.»

«Ea bona y vera cosa parla, es cierto, enquanto-me nunca perdida fu esperanza de retrovar my only love Clorinda, y siempre espero» commentò Arturo.

Decimo capitolo

Era arrivato il momento di partire per la Romania e nel frattempo avevo ricevuto un invito per tenere, di lì a poco, un ciclo di lezioni in Islanda. Tra i due impegni c'era un intervallo di poco più di un mese e decisi di accettare anche quest'ultima offerta. Pensai di telefonare a Marcello:

«Avvocato, devo andare a Bucarest. C'è qualcosa che posso fare per te?»

«Sei molto gentile a ricordarti dei miei problemi… non so, forse qualcosa sì, potresti fare. Prova a telefonare a Jenica, dille che sei un mio amico, tu hai un aspetto così autorevole e sai parlare così bene, forse ti vorrà ascoltare, potresti farle capire che io la amo sinceramente, o forse potresti capire cosa c'è ancora una briciola di speranza per me.»

«Va bene, mandami una mail con i numeri di telefono, l'indirizzo, insomma mettimi in condizione di contattarla. Farò del mio meglio.»

«Grazie. Sei un amico.»

«Non ringraziarmi adesso. Forse non succederà proprio niente. Ma se avrò qualcosa di buono, te lo farò sapere immediatamente.»

«Aspetterò. Non so perché, ma penso che con te lei sarà sincera.»

I primi tre giorni nella capitale rumena furono densi di impegni, ma il quarto giorno, una domenica, verso mezzogiorno, telefonai a Jenica.

«Pronto?»

Se non riattaccava nei primi trenta secondi, era fatta, mi dissi.

«Sono il professor de Pondis, un amico dell'avvocato Mainardi» mitragliai tutto d'un fiato, «mi trovo a Bucarest e vorrei incontrarla, se non le dispiace.»

«Per quale motivo?»

«Bene, sono qui per un ciclo di conferenze all'Università e ho promesso a Marcello che avrei cercato di parlarle. Ho un messaggio per lei.»

«Capisco. Di che cosa si occupa?»

«Di linguistica. E di glottologia.»

«Ecco. Però non sa come passare la domenica.»

Tono leggermente ironico.

«Veramente non sono mancate interessanti proposte, da parte di belle signore rumene, che si proponevano di farmi conoscere gli aspetti più interessanti di Bucarest» risposi con voce neutra, «però Marcello è un amico e gli ho promesso che avrei cercato di mettermi in contatto con lei. Ci ho provato. Se mi dice di no, dirò a Marcello che non ci sono riuscito. Nessun problema.»

Breve silenzio.

«Va bene, ci vediamo alle cinque, è possibile?»

«Sì, mi dica dove.»

«In che albergo si trova?»

«Al Carol Park Hotel.»

«Facciamo allora nella hall, avrò un abito blu e una copia dell'Herald Tribune in mano.»

«Benissimo, a più tardi e grazie!»

Quando Jenica arrivò, la riconobbi immediatamente e dovetti convenire che era il tipo di donna per la quale un maturo avvocato, di temperamento focoso, poteva perdere la testa. Era assai ben fatta, piuttosto alta, non eccessivamente formosa, direi elegante, per descrivere con un aggettivo il suo corpo, e un viso assai espressivo, interessante, dal sorriso appena accennato, leggermente ironico che mostrava disincanto.

«Ecco dunque il famoso professore.»

«Sono famoso solo presso i miei studenti, per quella che loro definiscono la mia cattiveria.»

«Ed è vero?»

«No, non sono cattivo, però pretendo molto. La glottologia, la filologia, la linguistica sono argomenti difficili, complessi… non si può sfiorarli in modo approssimativo, occorre dedicarsi a questi studi anima e corpo. Chi non ne ha voglia faccia qualcosa d'altro. Senta Jenica, posso chiamarla per nome spero, le va se andiamo a sederci da qualche parte più tranquilla? In questo albergo c'è un bar discreto, The Piano Club, dove potremo parlare in pace.»

«Perfetto.»

Prendemmo posto ad un tavolo d'angolo, ordinammo un paio di drink ed entrai subito in argomento.

«Devo premettere che Marcello mi ha raccontato la vostra storia, e alla fine ho dovuto riconoscere che la sua narrazione non mi consentiva di farmi un quadro chiaro della situazione.»

«Perché? Non mi sembra poi così complicato.»

«Capisco il suo punto di vista. Lei dice: sono una donna in difficoltà, per un numero di ragioni, e se decido di vivere con un uomo, quest'uomo dev'essere in grado di aiutarmi a superare le difficoltà, non deve diventare una difficoltà in più.»

«Esattamente. Quindi cos'è che non le è chiaro?»

Tono alquanto aggressivo.

«Vede, io mi sono fatto di lei un'idea che non credo sia sbagliata. Lei è una donna romantica, e si impone di fare la dura, perché ritiene che la vita non le consenta di dare libero corso ai suoi impulsi romantici. Ma mi sembra evidente che un uomo sensibile e innamorato come Marcello non la lasci indifferente, tanto è vero che vi siete lasciati e ritrovati e poi ancora lasciati... insomma non è così certo che lei Jenica, alla fine, non possa amare Marcello.»

Lei tacque per qualche tempo, poi mi rispose, a voce bassa:

«Che io possa amarlo è possibile, che possa permettermelo è un'altra cosa.»

«Ecco dunque! Vede, lei ritiene di non potersi permettere qualcosa che però in cuor suo potrebbe desiderare di fare. Allora mi dica una cosa: se lei mettesse in ordine dieci motivi per non poter vivere con Marcello, cosa troveremmo al primo posto?»

«Lorian. Mio figlio.»

«Perché?»

«Perché vivere con Marcello significherebbe trasferirmi in Italia. Ma sono sotto ricatto da parte del padre di Lorian che non mi dà il permesso di espatrio per il bambino. E io non voglio lasciarlo in Romania, da qualche parente, mentre io vado a vivere la mia vita in un altro Paese. Non posso far finta che mio figlio non ci sia.»

«Adesso vedo le cose molto più chiaramente, mi creda. Perché non potevo assolutamente credere che l'ostacolo maggiore tra lei e il mio amico fosse quello di natura economica. I soldi vanno e vengono. Marcello oggi può essere in difficoltà, domani tornerà ad essere il brillante avvocato che è sempre stato, con ampie disponibilità. Quindi il bambino: mi dica Jenica, se in qualche modo riuscissimo, noi amici di Marcello, a risolvere questo punto, lei pensa di potere ritornare sulle proprie decisioni?»

Ancora una volta la donna tacque, questa volta più a lungo.

«Sì, professore, credo che potrei riconsiderare la situazione da un altro punto di vista, credo di sì.»

Rave Santi, quando venne a sapere che stavo per partire per l'Islanda, inaspettatamente mi chiese se poteva accompagnarmi.

«Naturalmente Ubaldo, mi farebbe molto piacere. Ti confesso però che la tua domanda mi sorprende… l'Islanda non è uno di quei posti dove la maggior parte delle persone sogna di passare una vacanza.»

«Sì, è vero, ci sono ghiacciai ed eruzioni vulcaniche per tutti i gusti, però ha un suo fascino.»

«E tu già la conosci, se ho capito bene.»

«Ci sono andato in passato, molto tempo fa. Vorrei tornarci, un'escursione della memoria, mi capisci? Di cosa tratterai nelle tue conferenze?»

«Questioni come le relazioni tra l'etrusco e le scritture runiche del nord Europa e dell'Islanda in particolare. Sai, non proprio argomenti eccitanti, per i non specialisti.»

«Al contrario, caro Flicaberto, argomenti magnifici rispetto ai quali soffro di non disporre degli strumenti necessari alla loro comprensione. Ti invidio!»

«Credo che tu sia l'unico al mondo» conclusi un po' stupefatto.

Giunti a Reykjavík e sistemati i bagagli in albergo, ci ritrovammo per una passeggiata in città. Era d'estate e la temperatura abbastanza elevata. Del resto la Corrente del Golfo provvede a preservare l'Islanda, anche nei periodi invernali, dai rigori più estremi delle temperature polari. Per me era la prima volta, ma Ubaldo che c'era già stato mi fece da guida. Visitammo dapprima la chiesa Hallgrímskírkja, posta su una collina al centro della città, dotata di un'alta torre, dalla cui sommità, accessibile con un ascensore, si gode di una magnifica vista. Poi ci concedemmo un ricco piatto di frutti di mare da Laekjarbrekka. Il pomeriggio lo dedicammo alla visita del Museo Nazionale Þjóðminjasafn, dedicato a opere d'arte, oggetti, armi e gioielli. Insomma un museo dedicato alla cultura locale.

Non vorrei sembrare pedante, ma mi sembrerebbe di tradire la mia professione se non spiegassi che le due lettere inconsuete che si incontrano nel nome del Museo, sono rispettivamente la Þ, fricativa dentale sorda come nell'inglese *thick*, e la ð, fricativa dentale sonora, come nell'inglese *that*. Detto questo, per i due giorni successivi io fui impegnato con le mie lezioni e Ubaldo mi disse che avrebbe fatto un giro nell'isola per incontrare vecchi ricordi, come mi disse testualmente. Non so cosa avesse in mente di preciso, comunque fatto sta che ci rivedemmo solo il tardo pomeriggio di venerdì.

La partenza per l'Italia era prevista per il giorno seguente. Quella sera dunque decidemmo di cenare insieme. L'albergo, il Radisson Blu Saga, offriva una buona scelta di ristoranti e decidemmo di prenotare un tavolo al Grillið.

Ubaldo sembrava disteso e rilassato, in un *mood* confidenziale.

«Caro amico, oggi sono riuscito a capire, dopo molti anni, le circostanze ambientali, per così dire, di una vecchia vicenda che mi aveva sempre lasciato perplesso.»

In quel momento si avvicinò un cameriere per prendere le ordinazioni. Fortunatamente il mio informatissimo commensale mi aveva già messo in guardia verso alcune specialità islandesi certamente appetitose per chi ci si abitua fin da piccolo, ma che per un palato mediterraneo potrebbero rivelarsi eccessivamente bizzarre. In particolare mi allertò sul *sursadhir hrutspungar*, testicoli di agnello, l'*hakarl*, carne di squalo fatta stagionare sotto terra per molti mesi, lo *svið*, testa di pecora bollita, il *blóðmör*, insaccato di sangue di pecora avvolto in grasso di rognone. Prese dunque le opportune precauzioni, ci accordammo per ordinare un antipasto a base di vari pesci affumicati e affettati, seguiti da agnello arrosto con patate caramellate.

Ci fu spiegato che il piatto di pesce affumicato era costituito da sild, aringa, porskur, merluzzo, silungur, trota e lax, e questo ci procurò una notevole soddisfazione, soprattutto quando fummo informati che il tutto andava innaffiato con un'ottima acquavite che i locali chiamano brennivín. Per accompagnare invece la carne optammo per una birra islandese. Rave Santi, un pozzo senza fondo di informazioni assai interessanti, mi spiegò che la birra era stata legalizzata in Islanda solo nel 1989 e che comunque quella giusta, del resto venduta a prezzi iperbolici, si trovava solo negli alberghi oppure facendone richiesta ai Monopoli di Stato. Quella reperibile nei supermercati era una birretta leggera di solo due gradi alcolici, buona per lavarsi i denti, precisò Ubaldo.

«Ubaldo, mi stavi dicendo qualcosa di una vicenda che ti aveva lasciato perplesso, e ho come l'impressione che per lasciare perplesso te, una vicenda debba essere veramente singolare.»

«Se vuoi te la racconto.»

«Se voglio? Lo esigo!», esclamai ridendo.

«Mi trovavo dunque per certi miei impegni a Reykjavík, quando una sera, al bar dell'albergo, mi capitò di scambiare qualche frase con un inglese, uomo assai distinto, sulla quarantina, del quale si poteva facilmente intuire l'ottima provenienza sociale e l'alto livello di educazione ricevuto. Le poche frasi d'occasione si mutarono ben presto in una piacevole conversazione. Edward, questo era il suo nome, mi disse che prestava servizio all'ambasciata inglese come diplomatico di carriera e che aveva approfittato di quell'occasione per approfondire la conoscenza dell'Islanda, una terra poco nota al resto dell'Europa, una terra aspra, e soggetta a una natura violenta che la sottopone a terremoti, eruzioni vulcaniche e imponenti fenomeni geotermali, ma comunque una terra affascinante.»

«Mi stai facendo venire la stessa voglia di conoscenza del tuo amico Edward.»

«Infatti, io stesso ho impiegato questi due giorni per ripercorrere l'itinerario che Edward mi aveva illustrato a suo tempo, tra ghiacciai, laghi termali, geyser potentissimi che soffiano dalle viscere della terra, fiordi e coste selvagge. Tutto estremamente interessante, ma a me non capitò quello che successe a Edward, quando si avventurò per quei medesimi luoghi.»

«Che gli successe dunque?»

«Ebbene, aveva appena finito di montare la sua piccola tenda da campo nei pressi di un laghetto di origine termale, dall'acqua piacevolmente calda, e aveva già indossato il costume da bagno per farsi una nuotata corroborante, quando da quelle stesse acque emerse una magnifica giovane donna, alta, atletica e muscolosa, che evidentemente aveva fino a quel momento nuotato in apnea.»

«Una visione inaspettata!»

«Davvero. Ma non è tutto. La visione inaspettata era completamente nuda, con i lunghi capelli bruni che le coprivano le spalle e in parte il seno, assai notevole e sodo, a detta di Edward.»

«Perbacco. Che situazione intrigante!»

«Ma c'è dell'altro. Edward mi descrisse accuratamente la fanciulla, che sembrava una donna selvaggia, assolutamente aliena a quelle pratiche depilatorie che le donne occidentali sono così rigorose ad applicare, in modo quasi maniacale, su quelle parti del proprio corpo che hanno la tendenza a divenire, col tempo, eccessivamente villose.»

«Capisco. Una troglodita pelosa, in sostanza.»

«Più o meno. Però d'altra parte assai femminile e appetitosa, secondo Edward. Lei si rivolse a lui nella sua lingua misteriosa, e naturalmente il mio amico, che non parlava una parola della difficilissima lingua di queste terre, si ingegnò con gesti e mimica a farsi intendere o più precisamente a farle intendere quello che voleva.»

«Cioè?»

«Cioè a invitarla nella propria tenda che poi, una volta lì dentro, si sentiva certo che la natura avrebbe seguito il suo corso.»

«E fu questo il caso?»

«Sì. Edward mi disse che aveva passato giorni e notti di sogno, che aveva in quell'occasione vissuto l'esperienza più esaltante della sua vita. Quella donna, dalla quale promanava una sessualità prorompente e insaziabile, lo trascinava in un continuo rito pagano di frenetica eccitazione amorosa.»

«Che storia! E come andò a finire?»

«Quando finirono le scorte di cibo, avvenne un fatto assai curioso. La cavernicola si avvicinò ad una specie di capanno di frasche che si era allestita tra alcune rocce nei pressi: evidentemente era stato il suo rifugio prima di condividere la tenda con

Edward. Ne uscì poco dopo con una capace borsa dalla quale estrasse rasoi, creme e flaconi vari, con i quali provvide a depilarsi accuratamente, poi fece un breve bagno nel laghetto, si asciugò, indossò biancheria intima molto sexy, un paio di jeans, scarpe da jogging e una maglietta di Lacoste e un maglione di Valentino. Infine si raccolse i capelli in una coda di cavallo. Era diventata una top-model in vacanza.»

«Ma… ma…» Non riuscivo ad articolare una frase coerente.

«Capisco la tua sorpresa, figurati quella di Edward, soprattutto quando lei gli parlò in italiano.»

«In italiano? E cosa gli disse?»

«Se lui capiva l'italiano. Edward rispose che no, non capiva e allora lei cominciò a parlargli in un discreto inglese. Gli spiegò che aveva deciso di trascorrere un periodo di vacanza in una terra selvaggia, rinunciando a tutte quelle incombenze che la civiltà occidentale imponeva alle donne, per provare a vivere in uno stato naturale e primordiale. Decidendo inoltre di rinunciare ad ogni forma di comunicazione verbale, per riprodurre il più possibile le abitudini del Neanderthal.»

«Sono allibito, Ubaldo. Ma insomma chi era costei?»

«Si chiamava Maria Grazia. Una ragioniera della Banca di Credito Popolare della Val Brembana, in provincia di Bergamo.»

«Ma lei gli aveva parlato in islandese, quando si incontrarono la prima volta!»

«No, gli aveva parlato in bergamasco.»

Tacqui a lungo e Rave Santi non interruppe i miei pensieri.

«Bergamasco, ceppo indoeuropeo, della famiglia delle lingue gallo-romanze» fu l'unico commento che riuscii a formulare.

«Vedi dunque, caro Flicaberto, che da queste esperienze ed esempi che la vita ci offre, possiamo estrapolare una teoria generale della massima importanza: quando si tratta di donne, mai fermarsi alle prime apparenze!»

Undicesimo capitolo

Verso metà settembre tutti noi trovammo un accordo di massima per indire una riunione generale, con lo scopo di fare il punto sulla situazione di Marcello. Io gli avevo telefonato, dopo il ritorno dalla Romania, per riferirgli i punti salienti del mio incontro con Jenica, ma la cosa non l'aveva rincuorato. Era caduto in una specie di depressione attiva, per così dire: lavorava molto, anzi mi disse che sembrava che le cose si stessero rimettendo, sia pure lentamente, in carreggiata, ma per quanto riguardava Jenica persisteva uno stato di disperazione negativa, dalla quale non sembrava in grado di riprendersi. Virgiliana ci disse che eravamo tutti invitati per il fine settimana nella sua villa in Costa Azzurra e lì arrivammo, un venerdì pomeriggio, alla spicciolata: io con Rave Santi e con Arturo, Marcello per conto suo, Amaranta con Zenaide e con la contessa Aodrena Maëlenn de la Thouèvre, sua dama di compagnia e lettrice.

Non c'erano cugini.

Il giorno dopo, alle dieci del mattino, demmo inizio agli Stati Generali sull'affaire Marcello-Jenica, nella sala da pranzo piccola, detta lo studio ovale.

Aprì la discussione Virgiliana:

«Cari amici, grazie per essere intervenuti, rispondendo al mio invito, per parlare, tutti insieme e liberamente, della questione che riguarda Marcello e il suo difficile amore per Jenica. Credo che tra amici la solidarietà debba sempre occupare il primo posto e soprattutto nelle questioni di cuore che, come tutti sappiamo, sono quelle che più agitano l'animo umano.»

«Che belle parole!» esclamò la contessa Aodrena, asciugandosi l'angolo dell'occhio destro con un fazzolettino di lino finemente ricamato a petit-point, con raffigurazioni di fleur de lys.

«Orbene», proseguì Virgiliana, «do inizio ai lavori, chiedendo a Flicaberto di riferirci del suo recente colloquio con la signora Jenica.»

«Vi dirò, senza troppi giri di parole, che ho intravisto ampi spazi di manovra, se volessi esprimermi come un generale di corpo d'armata. Il fatto è che il nostro amico Marcello ha sbagliato completamente, e mi scuso per il giudizio così netto, ha sbagliato nettamente dicevo, la sua strategia e la sua visione dei possibili sviluppi della sua relazione con Jenica.»

«Perché dici questo?» intervenne flebilmente l'interessato.

«Ma perché tu hai impostato tutto sui soldi, ecco perché. Piagnistei inutili sul fatto che tu non potevi permetterti, questo, che non potevi permetterti quello. Ma via! A Jenica tutto ciò interessa ben poco. Il problema è un altro. Desidero sentire il parere di Arturo, che sa bene, dalle sue esperienze con Clorinda, come interpretare le profondità dell'animo femminile.»

«Problema est que foemina cum pargo-letto, no puede restar sine eo, et solo vole habere cum se-seco filio suo. Esta, opino-eu, est vera intricatio que che nos must solve, before todas altere consideratje.»

«Ben detto, Arturo», esclamò perentoriamente Ubaldo, «*if this is the problem*, noi dobbiamo trovare il modo di forzare quel tanghero di marito a concedere il nulla-osta al visto per l'espatrio del piccolo Lorian.»

«*If this is the problem*», intervenne alquanto spazientita Amaranta, «che i presenti mettano sul tavolo proposte concrete!»

«Io un'idea ce l'avrei», buttai lì come per caso.

«Illustraci quest'idea dunque, Flicaberto», incalzò la duchessa.

«Dobbiamo fare arrivare in Italia quel tal Pompiliu o come altro si chiama: convochiamolo in nostra presenza e facciamogli capire che il suo comportamento è altamente nocivo per l'equilibrato e sereno sviluppo psicologico del figlio. Di certo capirà.»

«Ci sono commenti?», chiese Virgiliana.

Zenaide chiese la parola:

«Flicaberto è un'idealista, lo sappiamo, e ha espresso l'opinione che si possa far leva su non so quali qualità morali di questo padre snaturato. Ma io non ci credo. Li conosciamo, noi donne, questi uomini che vanno in giro a mettere al mondo figli e poi se ne disinteressano. E non solo in Romania, ma in tutti i Paesi della Terra. Occorre trovare una soluzione che prescinda dai buoni sentimenti, perché in questo caso proprio non ne vedo.»

«Opino-eu illo Pompiliu filiu est de meretrix de Babilonia, desgratiado ricatta-tore, que se fuera para me eu rompia su craneo cum matza-ferata mea. A illu no futte na minquia de svilupo de filio, credete-mi. Eu vole dinero, and si illo voles convince, dare lui soldo.»

«Qualcuno vuole tradurre, per favore», disse Amaranta.

Prima che potessi farlo io, Ubaldo fece un sunto del pensiero di Arturo, dichiarandosi d'accordo con lui.

«Bene, che problema c'è? Diamogli dei soldi, a quel morto di fame, qualche migliaio di euro, che firmi i documenti e poi si tolga di torno da qui all'eternità» concluse con aria disgustata Virgiliana.

«Ma signori, io non posso accettare!» esclamò Marcello.

«Avvocato Mainardi, tu capisci, qui è il comitato che decide, quindi per il momento sei pregato di non interferire.»

Amaranta, quando era il caso, sapeva essere autoritaria. Poi si rivolse alla sua dama di compagnia:

«Cara Aodrena, che ne pensi?»

«Ma certo, quel bravo giovane, sia pure nel suo oscuro linguaggio, ha colto nel segno. Comprate quella canaglia e che Jenica col piccolo Lorian e il nostro Marcello, coronino il loro sogno di vivere felici e uniti!»

Si asciugò l'angolo dell'occhio sinistro, con un nuovo fazzolettino.

«Molto bene. Metto a disposizione, come base di trattativa, diecimila euro. Se serviranno altri soldi costituiremo un fondo comune, con donazioni spontanee. Vorrei incaricare il nostro Flicaberto di prendere i contatti con il Pompiliu.»

«Senz'altro Amaranta, farò tutto il necessario.»

«Se non ci sono altri interventi, dichiaro chiusa la seduta» proclamò Virgiliana.

Ci avviammo tutti verso la sala da pranzo grande, dove ci attendeva un lauto brunch. Intorno alla tavola, l'atmosfera si fece meno formale, più gaia. La sensazione di avere trovato il bandolo della matassa, ci aveva rincuorato e Marcello stesso sembrava molto sollevato. Ci tenne a dichiarare che avrebbe rimborsato, nei tempi più stretti possibili, qualsiasi somma si fosse dovuta sborsare per chiudere la trattativa col padre di Lorian. Durante il pranzo, il discorso tornò su Jenica e sulla sua disperata volontà di avere il figlio con sé come condizione irrinunciabile per stabilirsi in Italia.

Ubaldo prese la parola:

«Vedete, noi siamo qui per dare una mano a Marcello, ma in fondo il vero motore di tutto il dramma è lei, è Jenica. Potere amare Marcello è un fine, ma può anche diventare un mezzo per ottenere ciò che vuole, cioè tutto: il suo uomo e suo figlio. Nessuna forza al mondo può fare desistere una donna da ciò che considera una meta irrinunciabile e, se ne avete voglia, riferirò una vicenda che conferma questa mia opinione.

Tutti ci dichiarammo incondizionatamente interessati.

«Bene, vi racconterò di un lontano episodio della mia vita che dimostra chiaramente come nulla possa fermare una donna dal mettere in pratica i propri propositi, per quanto irrealizzabili, assurdi o semplicemente pericolosi, possano mostrarsi all'osservatore razionale. Mi trovavo allora in Uzbekistan per trattare della fornitura di apparati di trivellazione per ricerche metanifere, quando i miei ospiti, in segno di rispetto e considerazione, mi invitarono ad assistere alla partita conclusiva della coppa di calcio intercaucasica: si fronteggiavano le squadre dell'Inghuzstan e quella della Khyrghenia.

Per ragioni di equità la disfida si combatteva in territorio neutro, precisamente a Tashkent, nell'Uzbekistan. Lo stadio era stracolmo di spettatori, non si sarebbe potuto immaginare dove avrebbe mai potuto trovar posto una sola persona in più. Il tifo era alle stelle, cori forsennati e urla disumane si levavano da ogni settore. I miei amici mi assicurarono che ben pochi uzbeki si trovavano tra i presenti dato che, per l'appunto, giocavano squadre provenienti da altre nazioni e che Inghuzstani e Khyrgheni, popolazioni storicamente rivali da sempre, avevano praticamente comprato, in anticipo, tutti i biglietti disponibili. Tuttavia la tribuna presidenziale aveva qualche decina di posti non vendibili e riservati alle autorità e fu appunto da questa tribuna che fui in grado di assistere alla partita.

Un boato assordante accompagnò l'entrata in campo delle squadre e della terna arbitrale. Il match iniziò in un incessante frastuono di grida, fischi, canti e spari di mortaretti. Dopo mezz'ora di gioco, ancora sullo zero a zero, fu chiaro a tutti che l'arbitro favoriva in modo scandaloso la squadra della Khyrghenia. Ululati sdegnati e ringhiosi si levavano dai supporters della squadra ingiustamente penalizzata, fino a quando successe un fatto inaudito che innescò reazioni violente e incontrollabili da parte non solo dei tifosi, ma degli stessi giocatori inghuzstani.»

«Che accadde dunque?», intervenne con evidente curiosità Zenaide che, essendo brasiliana, viveva intensamente le emozioni calcistiche.

«Ecco mia cara, successe che il centravanti della squadra inghuzstana stava per segnare un gol assolutamente certo, ineluttabile, a porta vuota, quando un difensore khyrghenio lo atterrò con un ben assestato calcio, precisamente mirato ai... ecco, insomma, verso una zona maschile assai delicata.»

«Che modi!» commentò la contessa de la Thouèvre, visibilmente turbata.

«Un comportamento da cartellino rosso, da espulsione immediata e conseguente calcio di rigore contro la squadra khyrghena!» esclamò Zenaide.

«Infatti», proseguì Rave Santi, «solo che l'arbitro espulse il portiere inghuzstano e decretò il rigore proprio contro la formazione che aveva subito il proditorio atterramento del proprio attaccante!»

«Un'ingiustizia palese! Non c'è più il football di una volta» fu l'asciutto commento di Amaranta, «e infine che accadde?»

«Accadde il finimondo! I giocatori inghuzstani si radunarono minacciosi intorno all'arbitro, gli spettatori cominciarono a darsele senza esclusione di colpi, finché il portiere che era stato assurdamente espulso, perso il lume della ragione, si avventò sull'arbitro e furibondo gli strappo di dosso maglietta e pantaloncini. Di colpo si fece un silenzio assoluto e irreale: l'arbitro era un'arbitra, una fanciulla di rara bellezza che, rimasta in mutandine e reggiseno, fischiò una seconda punizione, espellendo proprio l'attaccante che aveva subito la pedata nelle... insomma lì.»

«Queste cose non dovrebbero accadere» rilevò severamente Amaranta. Ma Ubaldo stava continuando:

«Sulle gradinate scoppiò l'inferno. I partigiani della squadra inghuzstana oltraggiata cominciarono ad intonare cori roboanti nei quali si mettevano in forte dubbio le virtù dell'arbitra e della di lei mamma. Ciò provocò un attacco massiccio della tifoseria opposta e cominciarono a balenare i coltelli. La polizia, in assetto antisommossa, fece irruzione in campo, separò i contendenti e li forzò verso l'uscita. Quando finalmente si riuscì a riportare la calma sugli spalti, dopo l'evacuazione dello stadio, si contarono sei morti e trentasette feriti gravi.»

«Ma infine Ubaldo» intervenne Zenaide, «come aveva potuto questa ragazza essere lì presente come arbitro? Mi sembra una cosa pazzesca!»

«Nulla è impossibile, come ho già detto, alla donna che fortemente vuole: ella, fervente tifosa della squadra della sua terra e innamorata del centravanti kirgheno, si era introdotta surrettiziamente negli spogliatoi dello stadio, aveva raggiunto i locali riservati all'arbitro e qui lo aveva ammaliato e sedotto con quelle arti erotiche di cui, a detta di molti, le femmine caucasiche sono maestre indiscusse. Avutolo così in suo dominio, lo ammanettò al calorifero del bagno e si sostituì a lui, con i risultati che vi ho appena descritto.»

«Che ammaestramento dobbiamo trarre da tutto ciò, caro Ubaldo», intervenni io, ben sapendo che al mio amico piaceva ricavare norme universali da accadimenti particolari.

«In questo caso non saprei» fu l'inaspettata risposta, «per conto mio ho deciso di non entrare mai più in uno stadio.»

Dodicesimo capitolo

Amaranta mi aveva invitato dicendo che voleva sentire dalla mia viva voce gli sviluppi delle trattative e poi, aveva aggiunto — ho un'altra cosa di cui parlarti.

«Dunque mia cara, ho telefonato a Jenica e le ho fatto un rapido sunto delle decisioni prese dal nostro comitato. Lei si è dichiarata molto grata per quello che stiamo facendo. Poi ho avuto da lei il numero di cellulare di questo Pompiliu.»

«E lo hai chiamato?»

«Sì, per certo. Ho dovuto insistere, ma poi finalmente mi ha risposto.»

«In che lingua comunicate?»

«Be', come sai le lingue romanze sono la mia specialità e devo dire che il mio rumeno è più che discreto.»

«Ottimo. E che dice il nostro uomo?»

«È un tipo ostico, diffidente. Sgarbato direi, sì decisamente un villano.»

«Lo prevedevo. Sai Flicaberto, la plebaglia è così, è sempre stata così e sarà sempre così.»

«Hai proprio ragione, Amaranta. Comunque gli ho detto che la madre di suo figlio era una nostra amica, che eravamo addolorati di vedere che i problemi tra lui e Jenica si riversavano sul bambino e che, da amici, volevamo parlargli per cercare di trovare una soluzione che fosse accettabile per tutti.»

«Benissimo… e lui che ti ha detto?»

«Francamente non so se posso… il linguaggio usato da quel

buzzurro è stato piuttosto sgradevole.»

«Suvvia Flicaberto, siamo tra adulti!»

«Bene, ha detto — ah che bello, tutti amici, fantastico, e quale degli amici in particolare se la vuole scopare, oppure ve la volete fottere tutti e quanti, a turno, quella troia? — Questo ha detto e mi duole riferirlo.»

«Orribile. Come faremo a gestire un individuo simile?»

«Non lo so, francamente. Gli ho risposto che le cose non stavano come lui pensava, e di venire in Italia, a nostre spese, per parlare di persona.»

«E lui?»

«All'inizio se ne è stato zitto, poi ha risposto che ci doveva pensare. Mi telefonerà lui martedì prossimo.»

«Staremo a vedere. Come ti ho detto avevo un'altra cosa di cui volevo parlarti.

«Dimmi, cara.»

«Quell'Arturo, sai quel tuo amico un po' suonato… è un bravo ragazzo, e non solo, è anche intelligente e capisce le cose al volo. Peccato che sia ridotto così per colpa di una donna.»

«Non credo che Clorinda abbia avuto grandi colpe, lei non gli ha mai promesso niente.»

«Vero. Però non basta, quando una donna si accorge di suscitare un amore disperato, non dovrebbe semplicemente negarsi, e magari con frasi aspre e parole dure. No, dovrebbe invece con pazienza fare capire allo spasimante che quell'amore, per certe ragioni, è impossibile, ma che sotto altre circostanze, chissà…»

147

«Amaranta Cenobia, tu hai una visione assai romantica dei rapporti tra uomini e donne. Non so in passato, ma ti posso assicurare che di questi tempi le cose non vanno in questo modo: staffilate e sarcasmo, questo regola oggi, il più delle volte, i rapporti tra i due sessi.»

«Male. Comunque il ragazzo mi piace e vorrei aiutarlo. Mi sembra che non abbia un lavoro fisso, vero?»

«No, infatti. Certo se volesse, o potesse, avrebbe di che guadagnarsi la vita più che decorosamente. Viene reputato un ottimo programmatore informatico, i computer per lui non hanno segreti; ma quando entra in crisi e comincia a straparlare, lo buttano fuori e perde il posto.»

«Senti la mia idea: lo assumo nella mia tenuta in Toscana, con uno stipendio mensile che gli consenta di aver sempre il suo *argent de poche*. Inoltre gli affido una piccola casa colonica con del terreno intorno e darò istruzioni al mio amministratore affinché gli vengano forniti senza spese tutti i prodotti agricoli della tenuta, per il suo consumo personale. Capisci, olio, vino, frutta, ortaggi, carne, latte… in cambio gli chiedo di occuparsi delle mie peonie.»

«Ma è magnifico… in che senso deve occuparsi delle tue peonie?»

«Sono i miei fiori favoriti. Arturo dovrebbe curare un vivaio di pianticelle, di tutte le varietà che io amo di più, e poi una volta giunte a un certo stadio di crescita, le consegnerà al giardiniere capo, che è incaricato di creare aiuole di questo splendido fiore per ogni dove nel parco.»

«Sono certo che Arturo apprezzerà e farà un ottimo lavoro. Ha un animo sensibile e la possibilità di vivere nella natura, in mezzo ai fiori, lo riempirà di gioia.»

Tornando a casa, riflettevo sul fatto che stare lontano da Arturo mi sarebbe dispiaciuto, e non solo perché ciò complicava il proseguimento degli studi sul suo neo-linguaggio, ma anche perché mi rendevo conto che mi ero affezionato a quello stralunato, come se fosse un figlio adottivo. Mi consolai pensando che sarebbe stato piacevole andare a trovarlo, di tanto in tanto, nella magnifica tenuta di Amaranta ed anche mi consolava il fatto che finalmente Arturo avrebbe avuto una vita più sicura e ordinata.

Un avvenimento imprevisto, in quel tempo, mi indusse a modificare alquanto le mie abitudini e il mio genere di vita. In attesa che quel tal Pompiliu si degnasse di mettersi in contatto con me, stavo occupandomi di lingue uraliche e di uralistica. Ero immerso nella lettura di un interessante trattato, di cui riporto un breve brano, per fare intendere la natura dell'argomento:

"Le lingue indoeuropee sono le più diffuse in Europa ed ormai nel mondo intero, ma non va sottovalutata l'importanza delle lingue uraliche e dell'uralistica. Le lingue uraliche costituiscono, infatti, la seconda principale componente dell'Europa linguistica, e comprendono lingue di grande civilizzazione e cultura come l'ungherese, il finnico e l'estone. L'uralistica come scienza vanta anche una maggiore antichità dell'indoeuropeistica, dato che il teologo ed astronomo ungherese János Sajnovics già nel XVIII aveva scoperto e scientificamente dimostrato la parentela di ungherese e lingue lapponi, mentre negli stessi anni veniva chiarita l'affinità fra ungherese e finnico da parte di un altro ungherese, Sámuel Gyarmathi..."

Come dicevo, ero dunque immerso in queste difficili considerazioni, quando il portiere mi annunciò che avevo una visita. Gli chiesi chi fosse e lui mi rispose che si trattava della signorina Zenaide. Gli dissi di farla salire. La cosa mi sorprendeva: vero è che c'erano stati con Zenaide intensi momenti di intimità e che ogni volta che ci eravamo rivisti, una forte corrente di simpatia fluisse tra di noi, però una visita così, improvvisa, non preannunciata… in quel momento suonò il campanello. Sul pianerottolo c'era lei, con un paio di valigie.

«Mia cara, che sorpresa!»

«Cosa sarebbe la vita senza sorprese, professore?»

«Davvero! A cosa debbo il piacere di questa visita?»

«Hai da ospitarmi?»

Momento di sconcerto.

«Be', sì… il mio appartamento è grande, ci sono una camera e un bagno per gli ospiti…»

«Ero anche disposta a dormire su un divano. Senti, non voglio crearti problemi, se puoi ospitarmi mi dai un grande aiuto. Non starò qui molto… sono in lite profonda col mio fidanzato, col quale convivevo, e per il momento non voglio tornare in Brasile. Se lo farò, dovrò andare a vivere con i miei genitori, cosa che vorrei evitare. Ho bisogno di tempo per riflettere.»

«*Mi casa es tu casa.* Quale posto migliore per riflettere, che la casa di un vecchio professore, cara Zenaide!»

«L'ultima volta che siamo stati soli, non mi eri affatto sembrato un vecchio professore, Flicaberto.»

Fu così che mi trovai a convivere con una giovane e disinibita creatura di genere femminile, con tutte quelle conseguenze che si possono facilmente immaginare.

Pompiliu mi telefonò, ma non il martedì che mi aveva detto, bensì due settimane dopo.

«Come mai non mi avete più chiamato? Se non vi interessa più, potete andare tutti affanculo.»

Decisi di mantenere la calma.

«Signor Pompiliu, lei mi aveva detto che ci doveva pensare e che mi avrebbe telefonato martedì, due settimane fa. Non ho voluto disturbarla.»

«Vedi di piantarla di dir cazzate. Allora vi interessa o no?»

«Sì, ci interessa. Mi confermi per favore il suo nome e cognome esatti. Troverà un biglietto di andata e ritorno all'aeroporto di Bucarest.»

«Il mio cognome è Culianu. Pompiliu Culianu. Il biglietto deve essere in prima classe.»

«Questo non era previsto, signor Culianu.»

«Lo prevedo io adesso. E quando arrivo voglio subito in aeroporto mille euro in contanti. E cerca di non rompermi troppo i coglioni, altrimenti non se ne fa niente.»

«D'accordo. Va bene. Quando vuole partire?»

«Giovedì.»

«D'accordo. Buon giorno.»

«Fanculo.»

Non c'è che dire, era stata una conversazione difficile e questo Culianu sembrava un discendente diretto dei cavernicoli, senza essere passato attraverso quelle fasi evolutive che distinguono l'uomo civilizzato. Telefonai ad Amaranta, cercando di riferire il colloquio nei termini meno rudi possibili.

«Va bene, abbi pazienza, capisco che l'individuo è repellente e insopportabile, ma che ci possiamo fare? Quantomeno abbiamo stabilito un contatto operativo, adesso ti prego di occuparti direttamente dei dettagli e naturalmente puoi attingere liberamente al fondo che abbiamo allocato per questa operazione. Tienimi informata... magari ci vediamo per il tè venerdì prossimo.»

«D'accordo, a presto.»

Arturo aveva accettato di buon grado le proposte di Amaranta ed era già partito per la Toscana. Prima di lasciare Milano era venuto a trovarmi: mi aveva tenuto una lezione sulle peonie, per dimostrarmi come avesse preso sul serio il suo nuovo incarico.

«Ci sono le peonie erbacee e le arbustive» mi spiegò, «ma la duchessa è interessata particolarmente alle arbustive che producono rami legnosi e si sviluppano in altezza e in larghezza dando origine a dei veri cespugli che possono raggiungere i due metri di altezza e di diametro.»

«Perbacco Arturo, mi compiaccio vivamente di questo tuo sapere enciclopedico sulle peonie e della serietà con cui ti accingi a compiere il tuo nuovo lavoro.»

«Ce ne sono di rosse, rosse screziate di bianco, bianche, gialle e lilla. Non ne sapevo niente io di peonie prima, ma adesso ho scoperto che sono fiori meravigliosi.»

«Sono ansioso di venirti a trovare quanto prima e di ammirare il tuo vivaio.»

«En momento que eu serà dispo-nente de meus primos flores, pregunto duchessa permetere-me de facere expeditje de magno buquet a mia Clorinda.»

«Questo è un pensiero squisito Arturo e mi congratulo per la tua sensibilità. Quale miglior messaggero d'amore di un fiore coltivato con le proprie mani? Vorrei anche informarti che ho avuto finalmente risposta dal Pompiliu, e desidero sapere se tu vuoi essere presente all'incontro con lui, ammesso che questo incontro ci sia in futuro.»

«Naturalmente, voglio vedere in faccia quel figlio di cane. Non mancherei per nessuna ragione, quindi telefonami e io arriverò in treno immediatamente.»

Venne finalmente il giorno in cui io, Rave Santi e Arturo andammo all'aeroporto a ricevere il signor Culianu. Per ragioni di opportunità, avevamo deciso di tenere fuori Marcello dalle trattative, così come le signore, che naturalmente non andavano esposte alle villanie di quel becero. Erano stati stabiliti alcuni segni di riconoscimento così non fu difficile individuarlo all'uscita.

«Tu sei il professore?»

Aveva uno strano tono, come di compatimento.

Era un tipo alto e robusto, con un'espressione incattivita sul viso, gli occhi sospettosi.

«Sì, e questi sono gli amici, il signor Ubaldo Rave Santi e Arturo Aqquanti.»

«Bei nomi del cazzo. Parlano rumeno?»

«No, farò io da interprete.»

«Meglio. Dove sono i miei soldi?»

Gli porsi una busta.

«Eccoli.»

Aprì la busta, e li contò accuratamente, umettandosi le dita con la saliva di tanto in tanto, poi a operazione conclusa se li ficcò in tasca e gettò a terra la busta. Arturo lo guardava con un'espressione intensa.

«Cos'ha da guardarmi quel coglione?»

«Signor Culianu, la prego di moderare i termini. Siamo tra persone civili e non c'è ragione di offendere.»

«Fanculo. Andiamo in albergo. Voglio bere un goccetto e riposarmi. Parleremo domani dei nostri affari.»

Tradussi le parti essenziali, omettendo le contumelie. Ubaldo e Arturo non dissero una parola. Ubaldo, in particolare aveva una strana aria assente, come se con la mente fosse del tutto altrove. Portammo il Culianu a destinazione, con l'accordo che ci saremmo ritrovati il giorno dopo, alle quindici, al bar dell'albergo. Prima di lasciarci trovò il modo di osservare che l'hotel faceva schifo. Era invece un ottimo albergo quattro stelle, tra i migliori della città nella sua categoria, ma ritenni opportuno lasciar perdere.

Appena ci fummo liberati dell'orribile individuo, andammo a casa mia, dove tenemmo una specie di concilio sulla linea da seguire. Zenaide era presente e non ci fu verso di convincerla a risparmiarsi quella riunione, dove si sarebbero trattati argomenti e usati linguaggi non appropriati per una giovane donna. Ma lei fu irremovibile e disse che eravamo noi a dover essere preoccupati del suo linguaggio, eventualmente. Ubaldo era uscito dal suo stato di torpore apparente e disse:

«Si dà il caso che io conosca qualcosa di rumeno, certo non bene come te Flicaberto, ma abbastanza per capire che costui è un vero escremento in forma umana. Mi sembra chiaro che vuole provocarci, come a voler dimostrare che non ha alcun particolare interesse a raggiungere un accordo, a meno che le proposte non siano veramente generose.»

«Quel figlio di troia ha già cominciato le manovre per alzare il prezzo, ancora prima di sentire la nostra proposta» sintetizzò il suo pensiero Arturo.

Zenaide espresse il suo parere:

«Questo stronzo ha in mente di sistemarsi per il resto della sua vita, con questa faccenda. Io credo che quando Virgiliana diceva che avremmo potuto liquidarlo con qualche migliaio di euro, si stesse illudendo di molto. Questo sparerà richieste fuori dal mondo, vedrete.»

«Cosa potremmo dunque fare? Se così stanno le cose, la nostra partita è persa in partenza. Avete qualche idea?»

«Domani cominceremo a capire cos'ha in testa questa canaglia — intervenne Ubaldo — poi vedremo.

Ma è chiaro che dobbiamo predisporre un piano B.»

«Sarebbe a dire?»

«Un'alternativa. Ci penserò stanotte, pensateci anche voi e domani, dopo aver parlato con il Culianu, valuteremo il da farsi.»

Su questo intervento di Ubaldo si sciolse la seduta e ci trasferimmo tutti in sala da pranzo dove Zenaide aveva preparato una straordinaria *feijoada*. Ci spiegò che era proprio tale quale a quella che si poteva mangiare al ristorante dei mercati generali di San Paolo, verso mezzanotte, insieme agli scaricatori che avevano terminato il loro turno.

Prima di mettermi a tavola feci un giro di telefonate a Marcello, a Virgiliana e ad Amaranta per aggiornare tutti sul caso.

Tredicesimo capitolo

Il giorno dopo avevo numerosi impegni in facoltà, e dovetti darmi da fare non poco per cercare di assolvere a tutti i miei doveri e trovare il modo di liberarmi per l'incontro con Pompiliu nel primo pomeriggio. Malgrado tutto però, mi trovai costretto a rimandare alcuni incontri a dopo le diciotto, ma pensai che avrei avuto comunque il tempo sufficiente per parlare con quello sgradevole personaggio e poi rientrare in facoltà. Incontrai Ubaldo e Arturo nella hall e chiedemmo al portiere di avvisare il signor Culianu della nostra presenza e che ci avrebbe trovati al bar. Arrivò dopo mezz'ora con la solita aria disgustata dipinta in faccia.

«Buongiorno signor Culianu. Se non le dispiace vorremmo subito entrare in argomento e illustrarle le nostre proposte…»

«Fanculo. Delle vostre proposte non me ne frega un cazzo. Voi ascoltate invece la mia richiesta: un milione di euro in contanti e io firmo tutte le vostre stronzate che volete. Chiaro? Devo dirvi un'altra cosa: la vostra cara Jenica in quanto madre di un minore, non può rinnovare il passaporto senza il mio consenso, e io sono, modestamente, il padre del minore. Finora ho dato il consenso e Jenica mi dava quattro soldi per il favore che le facevo, ma adesso non ho più intenzione di firmare niente, se voi non accettate la mia proposta, e questo vuol dire che la signora non potrà più uscire dalla Romania.»

Deglutii a fatica. Mi sentivo alquanto frastornato. Tradussi le parole del nostro interlocutore.

Rave Santi prese la parola:

«Credo sia opportuno rispondergli che naturalmente abbiamo bisogno di pensarci e di consultare anche gli altri amici. Gli daremo una risposta tra due giorni. Prendere o lasciare. Tu sei d'accordo Arturo?»

«Senz'altro.»

«Mi sembra una risposta adeguata» risposi, mentre mi apprestavo a tradurre.

Pompiliu ascoltò con aria scettica, poi disse:

«Va bene, fate pure i vostri giochetti del cazzo, comunque io non cambierò idea. Ah, già che ci siamo, fate di modo di farmi arrivare questa sera una puttana in albergo. Bella e giovane. Anche bionda, dev'essere. Ho voglia di scopare, a vostre spese, naturalmente» concluse con un ghigno malvagio che forse avrebbe voluto essere un mezzo sorriso.

«Me ne occuperò personalmente» concluse Ubaldo freddamente.

Lasciato l'albergo ce ne andammo ancora una volta tutti a casa mia e da lì, dopo aver pregato Zenaide di preparare un drink per gli amici, presi un taxi per correre all'università.

Quando finalmente potei ritornare a casa, Ubaldo e Arturo se ne erano andati. Zenaide mi informò che Rave Santi aveva telefonato a Marcello, per aggiornarlo sulla situazione e che Marcello aveva posto il veto assoluto a continuare le trattative con quel delinquente, aveva usato proprio quelle parole, e che comunque chiedeva venisse organizzato un incontro per il giorno successivo, con la presenza anche di Amaranta e di Virgiliana per chiudere definitivamente e ufficialmente il tentativo di mediazione.

«Cara Zenaide sono stanco morto, ho avuto una giornata pesantissima.»

«Mi spiace Flicaberto, ma guarda ho organizzato le cose per bene: una cenetta leggera, poi tu te ne vai a dormire. Io ho accettato un invito alla festa del console del Brasile. Comunque non farò tardi, non preoccuparti. Domani sarai di nuovo in forma, vedrai!»

Così era Zenaide, attiva ed efficiente. Vivevamo more uxorio, ma lei interpretava il suo ruolo di "moglie" in modo molto poco convenzionale. Del resto a me andava benissimo così, e anche mi andava bene che comunque avesse conservato per sé la camera degli ospiti e io la mia. La privacy giova alla coppia, mi venne da pensare.

Il giorno seguente parlai a lungo con Amaranta e lei decise che nel pomeriggio sarebbe stato bene trovarci tutti a casa sua e vedere se c'erano ancora margini di manovra, oppure se era meglio chiudere la faccenda e non pensarci più. Del resto questa era precisamente la posizione di Marcello, che in fondo era il diretto interessato. Ci ritrovammo dunque tutti dalla duchessa, unico assente giustificato era Arturo, che aveva già lasciato Milano. Amaranta ci spiegò che era in arrivo al castello, in anticipo sul previsto, un carico dalla Thailandia di preziosissime e rarissime piantine, appena sbocciate, di peonie orientali e che Arturo doveva essere assolutamente sul posto per ricevere la spedizione. Rave Santi confermò la circostanza, dicendo che gli aveva prestato il SUV per consentirgli di arrivare al più presto in Toscana. Prese la parola Marcello:

«Carissimi amici, dire che sono commosso per il vostro impegno è dir poco. So che vi siete tutti prodigati per il mio bene, e per quello di Jenica e di suo figlio. Ma evidentemente ci troviamo di fronte un animale, un uomo che è troppo definire tale, un vile individuo senza scrupoli, con il quale è vano sperare di avere un rapporto appena appena civile. Vi chiedo di terminare ogni trattativa con costui e di comunicargli che può tranquillamente tornare al suo Paese, a tasche vuote. Vedrò se sarà possibile difendere Jenica e i suoi diritti in un tribunale rumeno, facendomi aiutare da qualche collega del luogo.»

«Devo dire che se tu ce lo chiedessi, caro Marcello, riunendo i nostri sforzi potremmo anche prendere in considerazione di soddisfare le richieste di quel verme, ma per certo non possiamo andare contro la tua volontà. Pertanto» concluse Amaranta, «chiedo ad Ubaldo e a Flicaberto di recarsi da quel tale per dirgli che le sue richieste sono state respinte. Se però accettasse di venire a più miti consigli, molto più miti, prendetevi ancora l'opzione di continuare la trattativa. Siamo tutti d'accordo?»

«Sì, Amaranta» fu l'univoca risposta.

Il giorno dopo, secondo gli accordi, Ubaldo e io andammo all'albergo di Pompiliu per comunicargli la nostra decisione, ma alla nostra richiesta il portiere, dopo avere controllato, ci disse con aria formale che il signor Culianu non era in camera sua. Gli chiedemmo di verificare se per caso non fosse al bar, il portiere inviò un valletto, il quale ritornò poco dopo dicendoci che quel signore non era al bar. Decidemmo di lasciare un messaggio, per fargli sapere che noi all'appuntamento ci eravamo andati. Il messaggio conteneva anche il numero di un mio telefono cellulare, al quale avrebbe potuto chiamare al suo rientro.

Quando tornai a casa, Zenaide mi informò di una telefonata dall'estero e che l'interlocutore aveva chiesto di parlare con il professor de Pondis. Saputo che non mi trovavo a casa, aveva detto che avrebbe richiamato. Dal numero rimasto in memoria vidi che si trattava di Johannesburg, Sud Africa. Mi sembrava di ricordare che la differenza di fuso orario tra Milano e Johannesburg non fosse gran cosa o forse addirittura inesistente, quindi presi la decisione di chiamare immediatamente. All'altro capo del filo c'era un vecchio amico, il professor Goldberg, mio omologo all'università di quella città.

«Caro de Pondis, grazie di avermi richiamato così rapidamente!»

«Ci mancherebbe altro, caro Goldberg. A cosa devo il piacere della tua chiamata?»

«Abbiamo un congresso qui a Johannesburg, sulle lingue autoctone del cono d'Africa, che inizia tra pochi giorni. Credevo di averti spedito l'invito, ma non ricevendo nessuna risposta da parte tua, ho verificato le liste di spedizione e mi sono reso conto che, per un disguido, il tuo nome era stato cancellato dal computer. Mi scuso di questo imperdonabile errore.»

«Ma ci mancherebbe altro, professor Goldberg, sono cose che accadono, lo sappiamo bene, purtroppo.

Ma ti devo dire che comunque il tuo invito mi attrae, e sono disponibile a partire al più presto, per partecipare al tuo congresso col più vivo interesse.»

«Non so come ringraziarti della disponibilità, de Pondis, e ciò mi fa sentire meno in colpa.»

«A presto dunque, carissimo Goldberg.»

Deposi il telefono e mi rivolsi a Zenaide che mi guardava incuriosita.

«Ti faresti una passeggiata in Sud Africa?»

«Col professor de Pondis, vado anche in capo al mondis» mi rispose con una buffa poesiola.

Informai Rave Santi di non contare su di me per eventuali contatti col Culianu, e che del resto per mandarlo al diavolo non occorreva una delegazione, sulla qual cosa Ubaldo si dichiarò assolutamente d'accordo.

Zenaide e io arrivammo a Johannesburg in una calda giornata dal cielo limpidissimo. Prendemmo alloggio all'Hilton Sandton, lo stesso hotel che ospitava il congresso.

I lavori sarebbero cominciati all'indomani, così prevedendo di non avere molto tempo a disposizione, soprattutto nel giorno d'apertura, decisi di andare con Zenaide a fare un giro in città. Ero già stato a Jo'burg, come viene familiarmente chiamata la città, nei cupi tempi dell'apartheid e la trovai ora completamente cambiata, più viva, più cosmopolita, insomma con un'atmosfera molto più piacevole, anche se in albergo mi avevano avvisato di evitare certe zone della città.

Zone considerate poco sicure. Durante il nostro *tour de la ville* ebbi modo di spiegare a Zenaide che l'area su cui sorgeva la città faceva parte del vastissimo Witwatersrand, le colline delle acque chiare, dal cui sotto-suolo si estraeva il quaranta percento dell'oro prodotto nel mondo.

«Perché non ti compri una piccola miniera d'oro?»

«Credo che non ci siano più concessioni disponibili, mia cara.»

Il giorno successivo assistetti alla *lectio magistralis* di Goldberg, che apriva i lavori del congresso. Il tema era incentrato sulle lingue del Sud Africa; due di origine indoeuropea, l'inglese e l'afrikaans (una variazione di antico olandese) e nove native. Le native si raggruppano in tre famiglie: lingue sotho al nord, lingue nguni al sud, a cui vanno aggiunte venda e tsonga, che non sono né nguni né sotho. Al gruppo sotho appartengono sesotho, sesotho del nord, tswana. Al secondo gruppo appartengono zulu, xhosa, ndebele, swazi. Poiché prevedo forti cefalee se continuassi, concluderò dicendo che la conferenza di Goldberg fu un grande successo e che alla sera ebbi il privilegio di cenare con lui e con sua moglie, una donna assai affascinante originaria di Kiev, lei stessa linguista di valore. La cena fu veramente intrigante, certamente per Zenaide, ma anche per uno come me, non particolarmente incline ai piaceri della tavola. La cucina sudafricana risente naturalmente delle immigrazioni storiche che hanno interessato il paese e la sua gastronomia riflette influssi europei, asiatici e locali: il risultato è certamente ottimo. Al ristorante Tradewinds dell'hotel, ci servirono secondo le esperte indicazioni di Goldberg, un antipasto di *koeksisters*, ciambelle fredde con sciroppo speziato, seguite da *crayfish* Cape Town, cioè delle magnifiche aragoste in salsa, seguite da una porzione di *kiwilamb*, ravioli ripieni di carne d'agnello e polpa di kiwi. Concluse il pranzo il *melktert*, cioè un budino al latte aromatizzato con cannella. La serata continuò piacevolmente al Pool Gazebo Bar, nei pressi della piscina, dove degustai, per la prima volta, un distillato veramente buono, ricavato da frutti di rovo provenienti dal deserto del Kalahari.

Dopo la conclusione del congresso, Zenaide che aveva avuto tutto il tempo di studiarsi ogni sorta di opuscolo turistico in albergo, mi chiese se fosse possibile visitare il Kruger National Park prima di rientrare in Europa. Io l'avevo già visitato anni addietro, ma mi sentivo in obbligo di risarcire la mia compagna delle ore di noia e solitudine che le avevo inflitto durante il periodo congressuale, così le risposi che era una magnifica idea. Prenotammo un safari e ci godemmo tre giorni di rigogliosa vegetazione, monti, paludi, corsi d'acqua e pianure distese su ventimila chilometri quadrati, per non parlare di elefanti, leoni, antilopi, coccodrilli e via elencando in campo animalistico. E di notte trovavo, nel letto dei lodge che ci ospitavano, la mia pantera brasiliana, alla quale la vita silvestre stimolava vivacemente la fantasia erotica.

Sull'aereo del ritorno mi trovai a meditare che era stata una magnifica vacanza. Piuttosto stancante, però.

Quattordicesimo capitolo

Durante la nostra vacanza congressuale, Zenaide e io ci eravamo praticamente dimenticati della spiacevole situazione che si era creata con quel Culianu. Ma tornando a Milano, naturalmente eravamo curiosi di sapere come fosse andata a finire. Telefonai dapprima a Marcello, ma mi dissero che era impegnato in una riunione e non poteva essere disturbato. Ripiegai su Ubaldo, ma il suo cellulare risultava spento. Chiamai quindi la duchessa:

«Amaranta, che piacere risentire la tua voce!»

«Bentornato Flicaberto! Com'è andato il tuo lungo viaggio?»

«Bene, direi. Interessante, sia il congresso che i luoghi. E poi, come sai, è la prima volta che faccio un viaggio così lungo in compagnia femminile e devo dire che non è stata un'esperienza spiacevole.»

«Era ora che ti decidessi, vecchio orso.»

«Ci vedremo presto spero… e dimmi, come è andata a finire con quello sciagurato di Culianu?»

«Ma, non so, c'è qualcosa di strano. È scomparso.»

«Scomparso?»

«Sì.»

«Quando?»

«Ti ricordi quando lo avete incontrato per l'ultima volta, tu, Ubaldo e Arturo? Ecco, quel giorno lì. Il portiere dell'albergo ha detto alla polizia che è uscito alla sera e non è più rientrato.»

«La polizia?»

«Eh, certo, la polizia. Se scompare un cliente, lasciando bagaglio e tutto in camera, senza che si possa pensare che abbia voluto fare il furbo, dato che il conto era già pagato per una settimana, insomma in questi casi gli alberghi hanno la tendenza a chiamare la polizia, capisci?»

«Ma che seccatura! Il conto l'ho pagato io, con una carta di credito tua… non è che avremo fastidi, Amaranta?»

«A dire la verità qualche fastidio c'è già. È stato da me un commissario, una persona gentilissima devo dire, non la finiva di scusarsi per il disturbo, mi ha lasciato un biglietto da visita, aspetta, era qui da qualche parte, ah ecco, commissario Enzo Rizzuti. Mi ha chiesto, con molto tatto, di spiegargli cosa poteva avere a che fare gente come me e come te con un soggetto come il Culianu. Mi ha informata che avevano già chiesto informazioni in Romania e che queste informazioni erano pessime e quindi non si capacitava di come fosse possibile che…»

«E tu cosa gli hai detto?»

«Ma Flicaberto, cosa vuoi che gli abbia detto? La verità, tutta la verità, nient'altro che la verità. Non abbiamo nulla da nascondere noi! Gli ho detto che io e un gruppo di amici, di cui ho fatto nome e cognome, escluso Arturo che ho voluto tenere fuori dalla faccenda, sai il ragazzo non ha bisogno di altri stress, ne ha già abbastanza di suo e poi mi sta facendo un magnifico lavoro con le peonie, insomma gli ho detto che volevamo aiutare un amico, l'avvocato Mainardi, a risolvere un problema con la sua donna, una rumena di nome Jenica.»

«E il commissario?»

«Ha voluto sapere qual era il problema, naturalmente e io gli ho spiegato che precisamente il problema era questo Culianu, padre naturale del figlio di Jenica, che ricattava la donna non concedendole il nulla osta per iscrivere il figlio minore sul passaporto, impedendo così al nostro amico avvocato di ospitare la donna in Italia col bambino. Quindi l'avevamo invitato a nostre spese in Italia, per vedere di arrivare a un accomodamento. Ho semplificato un po' le cose, per la verità, dicendogli che noi avevamo fatto una proposta, lui aveva fatto una controproposta, e c'era l'accordo di rivederci dopo due giorni, salvo che lui non si era più fatto vivo e noi abbiamo pensato che per qualche ragione se ne fosse andato. Gliel'ho detto, al commissario, che quel tale era proprio un tipo intrattabile e insopportabile!»

«E poi?»

«E poi niente. Mi è sembrato che il suo problema fosse di capire cosa c'entravamo noi con Culianu, perché avevamo pagato noi biglietto aereo e albergo, eccetera. Quando ha capito, mi ha ringraziato e se ne è andato tranquillamente. Dopo non è successo più niente.»

«E di quel disgraziato si sa qualcosa?»

«No, cosa vuoi che me ne importi. Spero solo di non sentirne più parlare.»

Finito il colloquio con Amaranta, provai a richiamare Marcello, Ubaldo e anche Virgiliana. Questa volta riposero tutti al telefono, ma a parte grandi effusioni di gioia per sapermi di ritorno a Milano con Zenaide, sani e salvi, sull'argomento Culianu non sapevano una virgola in più della duchessa.

Quindicesimo capitolo

Il commissario Rizzuti consultò la sua agenda. Alle undici era stato convocato dal Procuratore Capo. All'inizio aveva pensato che si trattasse di uno dei due casi d'omicidio che aveva per le mani, ma si rese subito conto che non poteva essere così. Per gli omicidi c'erano i sostituti procuratori. Doveva essere qualcosa d'altro, ma non riusciva ad immaginare cosa.

Giunto all'appuntamento, il Procuratore Capo lo fece accomodare gentilmente su una sedia per gli ospiti, alla grande scrivania. Era la prima volta che si trovava davanti al grand'uomo.

«Ho sentito spesso parlare bene di lei, Rizzuti.»

«La ringrazio, signor Procuratore.»

«Dunque veniamo al nostro problema. Il signor Questore mi ha fatto pervenire un rapporto scritto da lei, chiedendomi la delega per proseguire eventualmente le indagini, perché senza delega della Procura non se la sentiva di continuare.»

«Quale rapporto, signore?»

«Quello su un certo rumeno scomparso da un albergo, qui in città, alcuni giorni orsono.»

«Ah, quello! Ma è una cosetta di routine, non c'è nessuna denuncia, era solo un accertamento sulle circostanze.»

«Certo, certo Rizzuti. Solo che c'è qualcosa non propriamente di routine ed è il fatto che con quel tale avevano stranamente a che fare duchesse, marchese, grandi industriali, avvocati di grido, professori universitari... lei mi capisce. Ora il suo rapporto chiarisce molto bene le ragioni per cui questi personaggi illustri hanno avuto momentaneamente a che fare con un poco di buono come quel tale e per me la faccenda è chiusa. Ora io la delega per proseguire le indagini la concedo, Rizzuti, perché comunque se qualcuno scompare dalla nostra città, è nostro dovere sapere cosa c'è sotto. Ma la mia forte raccomandazione è che non vengano importunate inutilmente le persone cui accennavo poc'anzi. E se proprio lo si deve fare, le parole d'ordine sono tatto e delicatezza, doti che, come vedo dal suo rapporto, lei possiede in eccellente misura, caro commissario. Frugate dove sapete, droga, prostituzione, scassinatori, rapinatori… è lì che eventualmente troverete i contatti milanesi del signor Culianu. Lei mi capisce, vero?»

«Perfettamente, signor Procuratore!»

«Mi tenga informato. Voglio dire che desidero essere informato direttamente, non di seconda mano, chiaro?»

«Agli ordini, signor Procuratore!»

Rizzuti stava fumandosi un mezzo toscano nel suo ufficio. Aveva fatto rapporto al Questore sul suo colloquio in Procura e il capo gli aveva detto di proseguire le indagini, seguendo scrupolosamente le indicazioni del Procuratore Capo. Eh, si fa presto a dirlo, scrupolosamente: cosa doveva fare, andare in giro a chiedere a tutta la mala di Milano se avevano visto in giro il signor Pompiliu Culianu? Sì, certo, aveva una fotografia di quel tale, l'avrebbe fatta girare tra gli informatori. D'altra parte, pensava, lo scomparso aveva lasciato il suo passaporto alla reception, il giorno dell'arrivo, ma l'aveva preteso indietro il giorno stesso. Quindi poteva benissimo darsi che avesse già intenzione di filarsela, per qualche sua ragione. E il bagaglio lasciato in albergo non significava niente, erano quattro stracci.

D'altra parte, si chiese, se fosse un'indagine classica, cosa dovrei fare? La risposta apparteneva al manuale del bravo poliziotto: supporre che lo scomparso fosse morto e vedere a chi giovava, direttamente o indirettamente, la sua morte. Messi in fila, su un pezzo di carta, tutti i nomi di cui disponeva, di quelli che in qualche modo avevano avuto a che fare con il Pompiliu a Milano, la risposta, assurda fin che si voleva, era una sola: l'avvocato Marcello Mainardi. Il rumeno era un sassolino nell'ingranaggio che, bloccandosi, non permetteva al Mainardi di avere la sua donna a Milano. Ma come motivo per un omicidio si rese conto che non stava in piedi. No, ci doveva essere dell'altro, a parte il fatto che al momento, parlare di omicidio era una pura congettura, senza neppure la dignità di ipotesi di lavoro.

Decise di andare a fare quattro chiacchiere col portiere dell'albergo.

«Sono ancora io, il commissario Rizzuti.»

«Buongiorno, commissario.»

«Ci siamo già parlati, si ricorda?»

«Eccome no!»

«Lei era di servizio l'ultima volta che quel rumeno è stato visto, vero?»

«Sì, gliel'ho già detto, signor commissario.»

«Ecco, allora quella volta ho preso solo qualche appunto frettoloso, ma oggi vorrei approfondire una cosa. Se non ricordo male lei mi disse che quel tale verso le ventidue e trenta, ricevette una telefonata e dieci o quindici minuti dopo, scese per incontrare qualcuno.»

«Esatto.»

«Dunque, immagino che ci sia un centralino, in un albergo come questo. Come mai ha ricevuto lei la telefonata?»

«Dopo le dieci le chiamate vengono girate in automatico al concierge.»

«Capisco. Una voce di donna, lei disse. Italiana?»

«Mah, non saprei, credo di sì, disse solo pochissime parole, tipo mi passi il signor Culianu, per favore. Se era straniera, parlava normalmente italiano, direi.»

«E poi?»

«La telefonata durò qualche minuto, dopo come ho detto lui è sceso ed è uscito.»

«Bene, fin qui arrivano i miei appunti. Mi sa dire qualcosa d'altro?»

«Ecco, io ho potuto vedere, soltanto per qualche momento, che sul marciapiedi lo aspettava una donna…»

«Che tipo di donna?»

Il portiere si mise a ridere.

«Che tipo? Tipo puttanone, se mi permette, commissario. Biondona, capelli lunghi con boccoli, tette fuori, truccata come una troia.»

«Capisco. Poi?»

«Poi basta. Come le ho detto, pochi istanti e si sono allontanati. Lui non l'abbiamo più visto, e neppure il puttanone.»

«Grazie, sei stato bravo.»

«Dovere, commissario.»

«Ah senti, dimenticavo. Sappiamo che sono venute delle persone a trovare il vostro cliente, prima che scomparisse. Sappiamo chi sono ma, per la precisione, me li dovresti descrivere».

«Certo. Sono gli stessi tre che lo avevano accompagnato qui la prima volta. Due erano persone molto importanti, alta classe super, mi capisce, no?»

«Me li descrivi?»

Il portiere eseguì e Rizzuti capì che doveva trattarsi dell'ingegner Rave Santi e del professor de Pondis.

«E il terzo?»

«Boh, doveva esser una specie di portaborse, forse l'autista, un tipo insignificante. Non ha mai detto una parola.»

«Molto bene, grazie ancora.»

«Di niente.»

Rizzuti lasciò passare qualche giorno, poi decise che doveva per forza parlare con l'avvocato Mainardi. Se non altro per chiudere l'indagine. L'informazione che il Culianu era stato visto l'ultima volta con una prostituta di bassa lega, apriva scenari dai quali l'alta classe super, per usare le parole del concierge, veniva del tutto esclusa.

Mainardi ricevette il commissario, che si scusava del disturbo, assai gentilmente:

«Prego, commissario, entri, si accomodi, ecco sediamoci qui, mi aspettavo la sua visita — ma che dice, nessun disturbo — sono a sua completa disposizione.»

«Grazie avvocato. Ecco, vede, insomma ormai ho un quadro

abbastanza chiaro della situazione, tutte le nostre informazioni ci dicono che lo scomparso era, per buona sostanza, un pericoloso delinquente abituale, con una fedina penale, in patria, da paura. Sappiamo che si è allontanato dall'albergo con una prostituta. Il portiere, per farle intendere il genere, l'ha pittorescamente definita così —puttanone, lunghi capelli biondi, tette fuori, trucco da troia. Questo naturalmente ci fa pensare che sia andato a cacciarsi in qualche guaio: può darsi, anzi è probabile che, dato il suo temperamento aggressivo, abbia fatto qualcosa di sbagliato, mi capisce, e che qualche magnaccia albanese gli abbia insegnato una volta per tutte le buone maniere.»

«Capisco.»

«D'altra parte che ci posso fare, se uno scompare la polizia deve indagare, ma non ho intenzione di farlo a lungo, abbiamo cose più urgenti sul tavolo e la stessa Procura ci ha invitato a concludere rapidamente.»

«Se posso in qualche modo...»

«Senta, voglio essere franco con lei, la scomparsa del Pompiliu forse potrebbe esserle utile, per risolvere il problema della sua amica e del bambino, quindi, se questa fosse un'indagine classica, lei sarebbe un sospettato» disse sorridendo il commissario.

«Invece non è un'indagine classica?»

«No, perché francamente partiamo dal presupposto che lei e i suoi amici abbiate fatto un onesto tentativo per risolvere la faccenda, e certo mi rendo conto che non vi mancavano i mezzi finanziari per farlo e poi quel tale è andato a cacciarsi in qualche guaio, quindi la sua scomparsa è un epifenomeno che non vi riguarda.»

L'avvocato pensò che il commissario se la cavava bene con i termini dotti: epifenomeno. Però!

«D'altra parte, così tanto per parlare, ecco avvocato, mi aiuti. Supponiamo che del Culianu non si senta più parlare, che so, scomparso, ucciso, emigrato in Patagonia, rinchiuso in un convento di clausura dopo una crisi mistica… che cosa succederebbe alla signora Jenica e al bambino? »

«Non è facile a dirsi, così sui due piedi, ma supponendo che la giurisprudenza in Romania sia più o meno simile a quella italiana, direi che sul lungo periodo si dovrebbe impostare un'azione per l'ottenimento di una dichiarazione di morte presunta. Sul breve periodo, si dovrebbe denunciare la scomparsa del padre del bambino, ottenere una dichiarazione d'irreperibilità e di conseguenza la nomina di un giudice tutelare del minore, il quale avrebbe la facoltà, se ne ravvisasse l'opportunità nell'interesse del bambino, di concedere l'espatrio.»

«Chiarissimo, grazie. Credo di avere finito…»

«Posso farle una domanda, commissario?»

«Ma certo!»

«Al suo Paese qualcuno ha fatto denuncia o richiesta di informazioni ufficiali sulla sparizione del Culianu?»

«No. Sembra che nessuno sia particolarmente in ansia per trovarlo.»

«Io non l'ho mai visto, ma la cosa non mi stupisce. Dalla descrizione che me ne hanno fatta i miei amici, non sembrava il più piacevole degli uomini.»

«Sono assolutamente d'accordo. Senta, un'ultima cosa, poi tolgo il disturbo: chi era il giovanotto che accompagnava l'ingegner Rave Santi e il professor de Pondis, quando incontrarono Culianu prima in aeroporto e poi in albergo?»

«Ah, quello era Arturo... lei ha forse già incontrato il professor de Pondis?»

«No, ma mi propongo di farlo al più presto. Poi sentirò Rave Santi e a quel punto penso proprio che chiuderemo l'inchiesta. Perché mi fa questa domanda?»

«Perché, se vuole informazioni su Arturo, la persona giusta è proprio il professore. Lui sa tutto di Arturo.»

All'università la segretaria di de Pondis gli annunciò la visita del signor Rizzuti, che aveva preferito, per motivi di discrezione, annunciarsi in modo privato.

«Caro commissario, entri, entri, sono molto onorato di riceverla. I miei amici mi hanno tutti parlato di lei come di persona squisita.»

«Grazie, troppo gentile.»

«Come posso esserle utile?»

«Le faccio perdere pochi minuti. Ecco, dunque, la prassi vuole che io debba raccogliere informazioni su tutti quelli che in un modo o nell'altro hanno avuto contatti con il Pompiliu. Nell'ordine ho parlato con la duchessa de Sevilliana, con la marchesa van Meerrettich e con l'avvocato Mainardi. Oggi sono qui da lei e domani vedrò l'ingegner Rave Santi, dopo di che mi mancherebbe solo un non meglio precisato Arturo, sul quale però mi è stato detto che lei potrebbe fornire notizie.»

«Ah certamente. Si tratta di Arturo Aqquanti, un caso difficile…»

Il commissario sembrò impallidire.

«Oddio, non mi dica, quell'Arturo… è per caso uno che va a buttar giù le porte con un martello?»

«Purtroppo sì, di tanto in tanto…»

«L'ho arrestato più volte, poi al neurodeliri e dopo tre giorni era fuori.»

«Commissario, le assicuro che non è cattivo, ha una sindrome schizofrenica che in certi momenti gli fa credere sia suo dovere liberare una certa Clorinda, una sua ex-compagna di liceo, della quale è ancora adesso perdutamente innamorato. Un caso pietoso, mi creda. Gli vuole parlare?»

«Per l'amor di Dio! Quando l'ho arrestato mi ha tenuto dei discorsi pazzeschi, in non so quale lingua, che se ci penso mi viene mal di testa ancora adesso. Ma come mai lo conoscete?»

«Come forse lei sa, io sono un linguista e mi sono occupato di Arturo proprio per questa sua capacità di creare un linguaggio completamente nuovo, un grammelot, quando è sotto attacco delirante per via di questa Clorinda. Un linguaggio artificiale, che dal punto di vista scientifico è estremamente interessante.»

«E gli altri suoi amici lo conoscevano?»

«Sì, l'hanno conosciuto per mio tramite. Sa, commissario, ci siamo tutti affezionati al povero Arturo, è in qualche modo un nostro protetto, non è del tutto in grado di guadagnarsi da vivere, lei comprende, noi cerchiamo di dargli una mano, e lui è sempre così gentile e servizievole.»

«Contenti voi. E cosa mi dice del Culianu?»

«Un essere spregevole, una carogna, mi scusi il termine, insopportabile. Un uomo cattivo, ecco cos'è.»

«Da tutto quello che ho sentito su di lui, non mi sembra che fosse uno con molti amici.»

«Non credo proprio!»

La visita successiva del commissario riguardava l'ingegnere.

«Caro commissario, andiamo a prenderci un caffè. Mi segua prego.»

Rave Santi viveva a Milano in un albergo di grande prestigio, dalle parti di via Montenapoleone e guidò Rizzuti dalla hall al bar.

«Allora come vanno le indagini? La giustizia ancora una volta trionferà?»

«Ingegnere, in un caso come questo la giustizia sembra già avere trionfato dato che, dalla Romania all'Italia, si direbbe che chiunque abbia conosciuto il signor Culianu sia felice della sua scomparsa, quasi che ciascuno si auguri in cuor suo di non vederlo mai più.»

«Se l'avesse conosciuto, commissario, sono certo che condividerebbe questa universale soddisfazione.»

«Non stento a crederle. Ma perché, secondo lei, era così universalmente odiato?»

«Voglio raccontarle un episodio, di cui mi sono recentemente ricordato, che le farà comprendere il mio pensiero in proposito.»

«L'ascolto.»

«Anni fa mi trovavo in Montana, Stati Uniti, nella Flathead Reservation, una grande riserva indiana di quello Stato. La multinazionale per la quale lavoravo, era interessata ad ottenere i diritti per lo sfruttamento di alcune miniere di metalli rari, d'importanza strategica, dei quali quel sottosuolo è ricco. Ha presente il tantalio, l'iridio, il rodio, il rutenio, il samario...?»

«Mai sentiti.»

«Non importa. Dunque, mentre vivevo presso la tribù, attrassi l'interesse del Gran Capo, il quale mi comunicò di avere una sua parente in età da marito e in questi tempi di multi-etnicità, non vedeva male l'idea di darla in moglie all'uomo bianco.»

«E com'era questa parente?» domandò il commissario alquanto perplesso.

«Uno schianto di figliola, caro Rizzuti. L'idea del fidanzamento non mi dispiacque affatto.»

«E dunque?»

«E dunque ci fidanzammo e secondo gli usi locali effettuammo numerose prove pre-matrimoniali, tutte oltremodo positive. La ragazza era poi molto interessante anche come fonte di informazioni sulla storia e le tradizioni dei suoi antenati. Mi raccontò, ad esempio, che i primi gruppi umani che dalla Mongolia si trasferirono in Alaska e poi in Montana, attraversando lo stretto di Bering, vale a dire i progenitori degli Indiani Salish, si trovarono ad affrontare mandrie enormi di bisonti selvaggi, con armi primitive e assolutamente inadeguate. Ma escogitarono intelligentemente una modalità di caccia assai astuta e redditizia.»

«Di cosa si trattava?» chiese il commissario, che come tanti altri prima di lui, cominciava ad essere avvolto nelle spire delle affabulazioni di Rave Santi.

«Il *buffalo jump*. Gli uomini della tribù circondavano una mandria ed elevavano un gran clamore con grida selvagge e strumenti di percussione. Poi accendevano fuochi in posizioni tali che, alla mandria ormai imbizzarrita, non restasse che una sola via di fuga, terminante in un ripido strapiombo. Un gran numero di animali, trascinati dal proprio slancio, precipitava così sul fondo, dove nugoli di donne accortamente scuoiavano e sezionavano le bestie, provvedendo così alle necessità di cibo e vestiario dell'intero gruppo.»

«Interessante!»

«Sì, anche perché possiamo trarre da questo fatto un insegnamento: gli uomini sono abili nel creare caos e disordine, ma sono infine le donne che poi riconciliano, in armonica unità, l'ordine e il comune interesse. Ma insomma, non voglio divagare e proseguirò con quanto le stavo esponendo: le trattative proseguivano per il meglio, quando un membro del Consiglio della tribù disse che lui non era d'accordo sull'apertura delle miniere, perché ciò avrebbe disturbato non ricordo quale delle loro divinità e quindi, poiché la regola imponeva l'unanimità, l'intero affare sembrava destinato a naufragare. E questo provocò una notevole preoccupazione a me, ma ancor più grande sconcerto nella tribù, perché, come può ben immaginare, l'affare era estremamente redditizio anche per i *native americans*.»

«Che seccatura!» esclamò il commissario, ormai pienamente coinvolto nella vicenda.

«Può ben dirlo, caro Rizzuti. Così divisai di chiedere consiglio alla mia fidanzata, sperando che con la sua profonda conoscenza degli usi e costumi locali, mi sapesse indicare una via d'uscita.»

«E ci riuscì?»

«Sì, brillantemente. Mi consigliò di recarmi dallo stregone del villaggio e di esporgli il caso. Era certa che Uomo-Medicina avrebbe trovato un rimedio ed infatti lo trovò.»

«Che fece?»

«Io non fui diretto testimone, perché mi dovetti assentare per alcuni giorni a causa di altri affari. Ma al mio ritorno mi raccontarono che l'individuo che si opponeva ai nostri piani, era scomparso. Si era appartato dietro un cespuglio per certe sue necessità corporali, quando una folgore, una palla di fuoco, una luce accecante, si scatenò dal cielo e lui ne venne incenerito. E non si trovò più neanche la cenere.»

«Com'è possibile?»

«Lo stregone era entrato in azione, evidentemente. Chiesi spiegazioni alla mia fidanzata e lei mi spiegò che era normale, che succedeva sempre così, nella sua tribù: quando un membro della comunità si metteva contro tutti e contro l'interesse comune, se lo stregone lo riteneva colpevole scompariva per sempre. Mi spiegò che, secondo le loro credenze, la negatività dei comportamenti malvagi, attirasse la positività del fuoco, e che le due forze si annichilissero a vicenda. »

«Una storia molto notevole e istruttiva, ingegnere! Ma, mi scusi una piccola curiosità personale, come andò a finire con la sua fidanzata? Vi siete sposati?»

«No, purtroppo. Lei si chiamava Dakota Abenaki, ed era vice-president di una grande corporation di Chicago. Purtroppo era già fidanzata, in quella città.»

«Che peccato! Ma cosa diavolo ci faceva tra gli indiani?»

«Lei era indiana, e quella era la sua tribù. Oltretutto lo stregone era suo zio. Mi disse che di tanto in tanto le piaceva andare a ritrovare le sue origini.»

«Ah, le donne! Valle a capire» borbottò il commissario.

Sedicesimo capitolo

Al Circolo dei Momentanei, il grande avvocato professor Ludovico Melorio-Cromi, principe del Foro e il Procuratore Capo, dottor Demetrio Matranga, stavano piacevolmente conversando davanti al caminetto. Sul tavolino che separava le loro poltrone, scintillavano due preziosi calici di cristallo, che contenevano un magnifico vino di Porto del '72.

«Carissimo Procuratore» esordì l'avvocato, «che piacere poter assaporare un momento di riposo e di piacevole conversazione con un vecchio amico come te.»

«Hai ragione Ludovico, viviamo sempre in modo troppo convulso e stressante.»

«È verissimo, d'altra parte, che fare? La gente mi sembra diventata più litigiosa di un tempo e dal litigio si passa con grande facilità ad atti inconsulti, a violenze eccessive. I figli uccidono i genitori, i genitori uccidono i figli. Siamo in presenza di una vera strage tra mogli e mariti, ex-mogli ed ex-mariti, conviventi ed ex-conviventi, fidanzati e fidanzate, ex-fidanzati ed ex-fidanzate. Ci si ammazza tra fratelli e anche tra più distanti gradi di parentela. Si uccide per il parcheggio e per un sorpasso azzardato. E poi, hai notato? C'è una pandemia di omicidi tra vicini di casa o di proprietà. E come vedi non ho ancora parlato degli omicidi classici, per così dire, quelli della malavita: rapine, sequestri, regolamenti di conti.»

«Hai dipinto un quadro raccapricciante, ti rendi conto?»

«Vedi il fatto è che gli omicidi professionisti sono persone se-

serie. Ammazzano e se le forze dell'ordine li prendono, chiedono all'avvocato di ottenere qualche riduzione di pena, qualche attenuante. O un patteggiamento. Ma accettano dignitosamente il proprio stato di assassini. Ma gli assassini dilettanti, eh, questi proprio non li reggo. Vengono da me e mi dicono che sono innocenti e pretendono che io convinca i tuoi Pubblici Ministeri che sì, è vero, sono proprio innocenti, dei veri agnellini. E se l'innocenza non sta neppure lontanamente in piedi, ecco, è stata colpa del raptus. Qui, caro Demetrio, a forza di raptus, va a finire che non basteranno i cimiteri.»

Il Procuratore Capo rise di cuore.

«Ah, Ludovico, come le racconti tu le cose, non le racconta nessuno. Vabbè, capisco, è il tuo mestiere.»

«Ma guarda che non scherzo. Naturalmente ci sono i casi dubbi, i casi che richiedono accertamenti e approfondimenti minuziosi, e qui il lavoro dell'avvocato difensore è opera di alto valore sociale e morale. Ma ti giuro che in tanti altri casi, vorrei trovarmi al posto del PM per avere la soddisfazione di chiedere il massimo della pena!»

«Tu sei un principe del Foro e un principe del paradosso, caro mio! Senti, se non erro, mi avevi fatto intendere che avevi qualcosa da chiedermi…»

«Ah, sì, nulla che ti costringa a infrangere i tuoi doveri di riservatezza, naturalmente. Si trattava di quel rumeno, sai quello scomparso da un albergo. Ecco, mi risulta che per un deplorevole concatenamento di circostanze, quel farabutto abbia in qualche modo coinvolto alcuni amici, tu sai di chi parlo, tra l'altro tutti soci del nostro circolo. Mi risulta anche che un commissario di polizia, il Rizzuti, di cui non posso che lodare la competenza e la signorilità del tratto, abbia svolto le sue indagini... ecco insomma per farla breve, puoi dirmi a che punto siamo?»

«Ah, è tutto qui? E io che mi immaginavo chissà cosa. Niente, niente, ho chiuso le indagini. Non è emerso nulla di rilevante. Persona scomparsa, come ne scompaiono tanti. Vedrai che salterà fuori prima o poi, tra uno o dieci anni, in qualche fogna o a far danni in qualche altro posto. O forse non salterà più fuori da nessuna parte. Affari suoi, noi abbiamo già perso fin troppo tempo.»

«Grazie Demetrio. Tranquillizzerò i miei amici. Capisci, non sono persone abituate ad avere a che fare con Questure e Tribunali.»

«Tranquillizza, Ludovico, tranquillizza!»

Melorio-Cromi informò la duchessa sulla chiusura definitiva della vicenda, e Amaranta provvide a diffondere la buona notizia tra gli amici, con generale soddisfazione di tutti. Per festeggiare degnamente la fine della seccatura, come la chiamava lei, ci invitò tutti al castello per il fine settimana.

«Flicaberto, festa grande in borgo!» esclamò felice, quando mi telefonò.

«Adoro venire da te in campagna, mia cara. Lo dico subito a Zenaide e ci organizziamo per il viaggio.»

Come al solito l'accoglienza di Amaranta fu splendida, ma la di là della natura magnifica, del sontuoso cocktail di benvenuto, dei fiori freschi per ogni dove, mi fece piacere rivedere Arturo. La sua nuova professione di vivaista capo lo aveva trasformato, sembrava più sicuro di se, più sereno. Amaranta mi disse che talvolta, durante i suoi soggiorni in tenuta, aveva avuto occasione di parlargli e — oh indomita curiosità femminile! — non aveva resistito alla tentazione di chiedergli qualcosa di Clorinda. Ebbene, in quelle occasioni, Arturo aveva risposto nel suo linguaggio, diciamo così clorindico, ma più compostamente, con meno astio del solito, si sarebbe detto, come se avesse raggiunto una specie di sua pace interiore. I fiori e la bellezza della natura avevano fatto il miracolo, pensai.

Va da sé che comunque l'argomento principe di quei giorni era ancora l'odiato Culianu: tutti avevano particolari da aggiungere, soprattutto riferiti agli interrogatori subiti dal commissario Rizzuti, ancorché fosse opinione unanime che il poliziotto fosse uomo garbatissimo e di fini maniere. Il giorno dopo, a metà mattina, mentre ce ne stavamo piacevolmente chiacchierando sotto la quercia secolare, la voce squillante e imperiosa di Amaranta si fece udire:

«Tutte le donne in cucina con me, oggi cucino io e voi mi aiuterete!»

Ordinatamente Aodrena, Virgiliana e Zenaide la seguirono nelle immense cucine.

Marcello ne approfittò per avvicinarsi e informarci che con l'assistenza del suo amico avvocato di Bucarest Lucian Ghițescu, aveva iniziato le pratiche per fare assegnare a Jenica la patria potestà sul figlio e che presto sarebbe stata in grado di arrivare in Italia con Lorian. Poi volle raccontare un particolare del suo incontro con Rizzuti, che non gli sembrava il caso di menzionare in presenza delle signore:

«Sapete il commissario mi ha confidato che quando il Pompiliu è scomparso, aveva lasciato l'albergo in compagnia di una donna!»

«Figuriamoci» disse Arturo, «un maiale così sarà uscito di sicuro con qualche baldraccona.»

«Ma lui non aveva per l'appunto chiesto una prostituta, per quella sera, Ubaldo? E non avevi detto che ci avresti pensato tu?» intervenni io.

«Per la precisione lui ci chiese una puttana. E io gli dissi che ci avrei pensato io, per tagliar corto e andare via. Figuriamoci se mi metto a procurar donne a quello stronzo.»

«Volevo ben dire» replicai.

Marcello però non aveva ancora concluso:

«Dunque, sentite che ridere, il portiere dell'albergo ha descritto così la gentildonna che è uscita con Culianu: puttanone, lunghi capelli biondi con boccoli, tette fuori, trucco da troia.»

«Che prosa magnifica, da far impallidire Dostoevskij» commentò Ubaldo, «d'altra parte, che sia uscito con una donna, con un travestito, o con il gorilla dello zoo, pace all'anima sua!»

«Ma insomma, non è mica morto!»

«Chi può dirlo, Flicaberto? Noi speriamo di sì.»

«Noi chi, scusa?»

«Noi, tutti noi, tutti quelli che l'hanno conosciuto. Tu no?»

«Ma non so cosa dirti, va bene è scomparso, ma forse non è

morto.»

«Non è questo il punto. Il punto è: tu non desideri che sia morto?»

Mi sentivo gli occhi dei miei amici puntati addosso, e mi sembrava di essere una specie di traditore che non la pensava come il resto del suo gruppo.

«E come no! Pace all'anima sua.»

«Benissimo, Flicaberto, così mi piaci» continuò Ubaldo, «vedi non devi pensare che Marcello, Arturo e io abbiamo un animo crudele e insensibile, al contrario. Ma tu sei troppo preso dalle tue assurde lingue parlate da dodici persone in tutto il mondo, per valutare concretamente certi fatti, insomma penso che non sei portato al lato pratico della vita e guarda che lo dico senza offesa, Dio me ne guardi. Lo considero un dato di fatto.»

«Insomma, mi stai dicendo che sono il tipico professore stralunato e fuori dal mondo.»

«Più o meno sì, caro amico!» esclamò ridendo Ubaldo.

La giornata si era raffrescata e Amaranta decise di far imbandire la tavola all'interno.

Il menù, c'era da aspettarselo, devastante, come al solito.

Antipasti d'ogni sorta, pappardelle alla lepre, e trippa alla fiorentina. Seguì un piatto dal nome misterioso, il peposo alla fornacina, ancora mi rammento il fagiano in salmì, e a questo punto la memoria non mi sorregge più. Inutile ricordare un gran numero di bottiglie di Sassicaia e non so più quali dolci. Come al solito da Amaranta, la fine del pranzo coincideva per me con uno stato semicomatoso.

Chiesi scusa alla compagnia, e uscii per prendere una boccata d'aria fresca. Sotto la quercia c'era un'invitante sedia a sdraio, mi ci si allungai sopra ed entrai ben presto in uno stato di coscienza sospesa, di dolce nirvana, in cui mi sembrava che la mente fluttuasse liberamente sopra il corpo assopito. E la mente fluttuante e libera sembrava intrattenere un dialogo con la mente dormiente.

—C'è qualcosa che non va Flicaberto. Non dormire, svegliati.

—Ma no, va tutto bene, sono stanco, lasciami in pace.

—Non vedi che ti trattano come un bambino, al quale non si può dire tutto?

—Non mi interessa, non voglio sapere tutto.

—Siete in otto: quattro donne e quattro uomini. Sette sanno. Solo tu non sai niente.

—Non c'è niente da sapere.

—Peggio per te, se proprio vuoi fare la figura dello stupido.

—Lasciami in pace, ti ho detto. Devo riposare.

—Ti voglio dare solo un tema di riflessione: hai notato che quando è scomparso da Milano Culianu, è scomparso anche Arturo?

—Non mi interessa. Culianu non mi interessa. Arturo coltiva fiori. Vorrei solo riposare in po', per favore.

—Buon riposo, Flicaberto

Arturo mi stava parlando e io riemersi lentamente dalle nebbie del sogno.

«Vieni, andiamo tutti a vedere il mio vivaio di peonie.»

«Che idea magnifica. Lasciami andare un momento in bagno a lavarmi i denti, arrivo subito.»

I due fuoristrada stavano aspettando, motori in moto. Ci volle quasi un quarto d'ora per raggiungere la piccola casa colonica di Arturo. All'esterno, aiuola dopo aiuola, si stavano sviluppando un numero prodigioso di peonie, di ogni tipo e colore. Nell'aiuola più prossima alla casa, però, c'era un gruppo di peonie già alquanto sviluppate, non certo piantine da vivaio.

Arturo si comportava da perfetto padrone di casa:

«Ecco vedete in cosa consiste il mio lavoro: ricevo le piantine dai più famosi vivaisti del mondo, le trapianto qui per l'acclimatamento e, a un certo punto della crescita, le consegno al giardiniere-capo che le usa per la creazione delle grandi installazioni di peonie all'interno del parco. Solo quelle lì», aggiunse Arturo, indicando l'aiuola vicina a casa, «sono mie. La duchessa me le ha regalate e io le farò crescere per farle diventare il più bel gruppo di fiori di tutto il parco.»

Tutti applaudimmo Arturo.

Rave Santi disse:

«*Grandine grossa, acqua tinta e neve / per l'aere tenebroso si riversa; / pute la terra che questo riceve.*»

«Ah, come vorrei poter citare Dante con tanta facilità!» sospirò la contessa Aodrena.

Ma Rave Santi doveva ancora pronunciare l'ultima citazione:

«Cari amici, poiché ci troviamo tutti qui riuniti di fronte a tanta bellezza, a condividere la felicità del nostro Marcello, mi sento in dovere di rammentare a tutti la caducità della vita umana. Solo la natura è eterna, non dimentichiamolo. Quanto a noi dirò solo: *memento homo, quia pulvis es et in pulverem reverteris.*»

«Amen» mormorò Virgiliana.

Tutti si guardarono soddisfatti e si scambiarono sorrisi.

Siamo in viaggio, io e Zenaide, per tornare a Milano. Sono rimasto silenzioso per quasi tutto il tempo del viaggio e lei mi ha chiesto se non mi sentissi bene. La rassicurai che stavo benissimo, e che solo mi sentivo abbastanza stanco.

«È magnifico andare da Amaranta, solo che i suoi pranzi mi uccidono.»

«Hai ragione, sono veramente eccessivi. Appena arriviamo a Milano, desidero solo una doccia e andare a dormire.»

«Penso che farò lo stesso.»

Sentivo che Zenaide stava gridandomi qualcosa dal suo bagno, ma non capivo cosa dicesse. Mi avvicinai e bussai alla porta.

«Entra Flicaberto, scusami…»

Era nuda nella doccia socchiusa, e mi stava dicendo:

«Per favore, mi sono dimenticata la cuffia da bagno. Primo cassetto, nello scomparto dell'armadio a sinistra. Me la porti per favore?»

«Subito, tesoro.»

Andai dove lei mi aveva indicato, aprii il primo cassetto. Dovetti rovistare un po', ma alla fine la trovai. Sotto la cuffia c'era una busta di plastica trasparente, che conteneva una folta parrucca dai lunghi capelli biondissimi e riccioluti.

Ebbi un attimo di esitazione: un pensiero orribile si affacciò alla mente. Ma lo scacciai subito.

«Sciocchezze» mi dissi, «una bella dormita, ecco di cosa ho bisogno!»

I romanzi di Carlo Alfieri

Disponibili su Amazon

1 Lo strano caso del blu di metilene
2 La Nemesi Moldava
3 Il Giureconsulto
4 Rosa come l'inferno
5 Fare musica a Milano
6 Sonata per Júlia
7 L'individuo B
8 Ultimi giorni del corallo buono
9 Nella brughiera (per ritrovare se stessi)
10 La cerimonia delle peonie
11 Il caposervizio
12 Partire, per giammai tornare
13 Romanzo rosa dipinto di blu
14 I giorni e le opere di un promettente esordiente
15 Il Grande Arkan
16 Memorie dello scemo del villaggio
17 Penn Station Blues (in inglese)

Disponibili anche come Kindle e-book

1 Lo strano caso del blu di metilene
2 Nella brughiera (per ritrovare se stessi)
3 Rosa come l'inferno

[Continua nella pagina seguente]

4) Memorie dello scemo del villaggio

5) Il Giureconsulto